Sonya
ソーニャ文庫

貴公子の甘い檻

富樫聖夜

イースト・プレス

contents

プロローグ　ベルクール伯爵令嬢　005

第1章　平穏な日々は終わりを告げる　028

第2章　再会　046

第3章　そして令嬢は囚われる　101

第4章　襲撃　159

第5章　父と娘　209

第6章　あるべき場所へ　259

エピローグ　甘い檻　320

あとがき　332

プロローグ　ベルクール伯爵令嬢

王都の中でも王宮にほど近い地区の一角に、その屋敷はあった。

頑丈な鉄の柵《さく》に守られた敷地の中央には、何十もの部屋がある優美な館が鎮座《ちんざ》していて、建物を囲むように美しい庭が広がっている。貴族の館が立ち並ぶこの地区でも一際大きく目を引く屋敷だ。

屋敷の主はセルディエ侯爵。カスターニエ国の五大侯爵家の一つであり、現当主は国王の信頼も厚く、外務大臣という要職についている。今もっとも発言力のある貴族と言っても過言ではない。

役職柄、外国の要人などの来客も多いため、屋敷は大勢の使用人によって常に美しく保たれている。これも豊かな財力があってこそだ。

この日も朝から女性の使用人が二人、掃除道具を手に客室の掃除にいそしんでいた。割り当てられた部屋から部屋へ移動しては手際よく仕事をこなしていく。彼女たちは掃除を専門に行う掃除女中として雇《やと》われている使用人だ。

次の部屋に入った二人はさっそく掃除の準備を始めた。

一人がテーブルの上の小物を移動させている間に、若い方の掃除女中が空気を入れ換えるために窓に近づく。ガラス戸を開けると、風とともに入り込んだかすかな花の香りが鼻《び》腔《こう》をくすぐる。

窓の下には庭師が丹精《たんせい》こめて世話をしている美しい中庭が広がっていた。

若い掃除女中はもっとよく見ようと身を乗り出し、ふとあるものを見つけて、思わず声をあげた。

「あら？　あれはもしかして若様？　一緒にいるのは……」

中庭の一角にベンチが備え付けられていて、そこに少年と少女が仲良く並んで腰を下ろし、談笑をしていた。

少女の歳は十二か十三くらいだろうか。ピンク色のフリルのついたワンピースを身に纏っており、同じ色のリボンでまっすぐ伸びた髪の毛を留めている。髪は赤みを帯びた金という少し珍しい色合いだ。瞳の色までは判別できなかったが、遠目でも可愛らしい顔立ちをしているのが見てとれた。

一方、少女の話に微笑みながら耳を傾けているのは、彼女より四、五歳ほど年上の黒髪の少年だ。少年というより青年といった方がいい年齢だが、柔和な面差しにはまだ少年らしさが少し残っている。

少年の瞳がほんの少し黄色がかった茶色――はしばみ色であることを、この屋敷の者なら誰でも知っていた。当主やその家族が住む階の廊下に、等間隔で掲《かか》げられているセルディィエ侯爵家代々の当主の肖像画に多く見られる色だからだ。

少年の名前はユーディアス。セルディィエ侯爵家の嫡男だ。

今年十八歳になるユーディアスは貴族の子弟が通う全寮制の学園に在籍していて、普段は屋敷にいない。けれど、父親の仕事を覚えるために週末になると戻ってくるのだ。

今日は日曜日のため、ユーディアスは昨日から屋敷に滞在していた。

「どうしたの?」

もう一人の掃除女中が怪訝《けげん》そうに眉を寄せながら窓に近づいてくる。

「窓の外に若様が女性といらっしゃるんですが、どなたかと思いまして」

「若様が?　もしかして……」

言いながら彼女はひょいっと窓の下を覗き込み、中庭で寄り添う二人を見て笑顔になった。

「ああ、やっぱりシンシア様だわ。あなたはここで働き始めてまだ半月だから知らないのも無理はないわね。シンシア様は若様のご婚約者で、ベルクール伯爵家のご令嬢よ。若様の帰省《きせい》に合わせて月に一度、遊びにいらっしゃるの」

「へえ、さすが貴族。もう結婚する相手が決まっているなんて」

若い掃除女中は感心するように呟《つぶや》いてから、突然何かを思い出したように目を見開いた。

「あら？　ベルクールって……もしかして、あのベルクール伯爵家の方？　前に仕えていた男爵家の奥方様が、ことあるごとに愚痴《ぐち》っていた、あの有名な？」

彼女はセルディィエ侯爵家に雇われる前、とある男爵の家で働いていたことがあった。そこの夫人の口からよく話題に上っていたのが、ベルクール伯爵家だ。そのため、まだ女中になって日の浅い彼女でもベルクール伯爵家についてはよく知っていた。

ベルクール伯爵家は新興の貴族だ。

伯爵の中でも序列は低く、当主が重要な役職についているわけでもない。だから本来は貴族の中で埋没して目立たない存在だ。

なのになぜ貴族たちの間で有名になっているかと言えば、その成り立ちに理由がある。現当主が、ある高貴な女性を妻にすることで得た爵位だったからだ。

五大侯爵家のうちの一つ、フォーセルナム侯爵家。セルディィエ侯爵家と並ぶ名門中の名門と言われるその侯爵家にはシャロンという美しく聡明な令嬢がいた。

シャロンは社交界の華と称された女性で、国王夫妻とも親しく、彼女を妻にした者は将来が約束されたも同然だと言われていた。そのため、社交界デビューをする前から縁談がひっきりなしに舞い込むほどの人気だったという。

彼女が誰のもとへ嫁ぐことになるか――カスターニエ国中の貴族がその動向を見守っていたと言っても過言ではないだろう。

ところがシャロンが選んだのは没落しかけた男爵家を継いだばかりの青年だった。

容姿はそれなりに整っていたが、絶世の美男子というわけでもない。財産はおろか領地もなく、倒産寸前の事業しか持っていない下級貴族。……シャロンが恋に落ちたのはそんな男性だった。

『なんであんな男と……』

聡明なはずの令嬢の選択に、誰もがそう思った。だが、シャロンは周囲の心配の声に耳を貸すことはなかった。

もちろんシャロンの父、当時のフォーセルナム侯爵は二人の仲に反対したが、最終的には結婚を許可せざるを得なかった。シャロンのお腹にはすでに彼との子どもがいたからだ。

生まれてくる子どものためにフォーセルナム侯爵は二人の結婚を許した。それどころか、娘と孫のために、フォーセルナム侯爵家が持つ爵位のうちの一つを国王の了承を得て娘夫婦に譲った。それがベルクール伯爵家の始まりだ。

当然、社交界は大騒ぎになった。武功《ぶこう》を立てたわけでも国に貢献したわけでもないのに、侯爵家の娘を娶《めと》ることで没落寸前の男爵が一気に伯爵にまでなってしまったのだ。ベルクール伯爵へのやっかみは酷《ひど》かったし、風あたりも強かった。

だが、それはもう十年以上前のことだ。結婚当初は騒がれたものの、シャロンの人徳やフォーセルナム侯爵家の後ろ盾もあり、しばらくすると落ち着いた。

それにもかかわらず、今もなおベルクール伯爵家のことが貴族たちの間で囁《ささや》かれ続けているのは、別の理由があるからなのだ。

「そりゃあ、そうですよね。伯爵位まで与えてくれた妻を、ずっと陰で裏切っていた男なんですから」

事が明るみに出たのは、二年前に国中で猛威《もうい》を振るった流行り病がきっかけだった。流行り病は瞬く間に王都にも押し寄せ、貴族の間でも広がり、何人も犠牲者が出た。――その中にシャロンや、セルディエ侯爵夫人も含まれていた。

妻を失ったベルクール伯爵は目に見えて落ち込んでいた。ところが、シャロンが亡くなって一年もしないうちに彼は再婚したのである。

相手は十歳になったばかりの双子の子を持つ、商家出身の女性だった。妻の喪《も》が明けないうちに再婚することだけでも眉を顰《ひそ》められるのに、驚くことに双子の子どもの父親はベルクール伯爵だという。

つまり、彼はシャロンを裏切って愛人を作ったばかりか、子どもまで産ませていたのだ。ベルクール伯爵の行為は当然のことながら貴族たちから非難された。貴族の中には愛人や庶子を持つ者も少なからずいるが、その彼らですらベルクール伯爵の不貞《ふてい》と厚かましさに嫌悪感を抱かずにはいられなかった。

伯爵位まで与えてくれた妻を長年裏切り続けたばかりか、亡くなって一年も経たないうちに愛人を妻として屋敷の中に迎え入れた。その屋敷も、シャロンの父親であるフォーセルナム侯爵が贈ってくれたものだ。

それだけではない。彼が元々持っていた倒産寸前の会社にも資金援助を行い、何かと助けになってくれたのもフォーセルナム侯爵家だ。ベルクール伯爵はその恩義を仇で返すような行為をしたのである。

貴族にも、いや、貴族だからこそ、ものの道理が重要視される。ベルクール伯爵の行いは信義にもとる行為で、非難されるのも当然だった。

「でも悪い話はそれだけじゃないそうです。ベルクール伯爵の愛人……もとい、新しい奥方というのがかなりの曲者《くせもの》で、義理で招かれたお茶会の席で、伯爵より下の身分の夫人方に自分の方が偉いとばかりに酷い態度を取るんだそうですよ。前の雇い主の奥様も、伯爵より格下の男爵夫人だからってかなり侮《あなど》られたようで『商人あがりの愛人風情が！』って怒っていましたもの」

若い掃除女中は窓ガラスを拭《ふ》きながら、先輩の女中に前の職場で耳にした噂を楽しそうに語る。どうやら彼女は前の雇い主に負けず劣らず噂好きの性格のようだ。

「身分を笠に着るのは貴族ではよくあることでしょうけど、つい一年前まで平民だった愛人に侮辱《ぶじょく》されたら、そりゃあ腹も立ちますよね。ベルクール伯爵家の方が歴史も浅くて、格式も伝統もないわけですから。そんなこともあって、ベルクール伯爵家は周辺の貴族たちから爪はじきにされているらしいです。今ではシャロン様がご存命だった頃に親交があった家が義理でお誘いするくらいだそうですよ」

そこまで言って新人の掃除女中は手を止めて先輩の女中を振り返る。

「だからベルクール伯爵家のご令嬢と若様が婚約なされているとは思いませんでした。セルディエ侯爵家は侯爵の中でも別格ですし、若様なら公爵家の令嬢どころか、王女様だって伴侶に望めたはず。こう言ってはなんですけど、格の違うベルクール伯爵家と縁続きになる利点はないのでは？」

率直すぎる新人女中の言葉に、先輩女中の顔に苦笑いが浮かんだ。

「あなたがそう思うのも無理はないわ。でも、この家に長く勤めたいなら、ベルクール伯爵家のことはへたに口に出してはだめよ。いいわね」

警告を含んだ口調に新人女中はハッとなって口を押さえた。確かにこんな話をしているのが家政婦長や執事、はたまたユーディアス自身に知れたら、大変なことになる。

「す、すみません。気をつけます」

「そうしてちょうだい。それに、誤解をしているようだけど、シンシア様はあなたの言う

『商人あがりの愛人風情』の子どもではないわ。シャロン様のご息女よ」

「え？　シャロン様の？」

新人女中の目が大きく見開かれる。彼女は思い出したのだ。シャロンがベルクール伯爵の子どもを身ごもっていたからこそ、父親のフォーセルナム侯爵から結婚を許されたことを。

「で、ではあのお嬢様はフォーセルナム侯爵家の血を引いた……？」

「そうよ。シャロン様と、二年前に流行り病で亡くなられたセルディエ侯爵夫人……つまり若様の母君は親しいご友人の間がらだったの。家政婦長の話だと、シャロン様はまだ幼いシンシア様を連れて、よくこの屋敷にいらしていたとか。その縁で六年前……まだシャロン様がご存命の時に婚約を結んだというわけ」

「なるほど。そうだったんですね」

納得して新人女中は頷いた。シャロンの祖母である先々代のフォーセルナム侯爵夫人は王家から降嫁《こうか》してきた元王女だ。現国王の大叔母にあたり、順位は低いが王位継承権を有していた。

つまり、シャロンやその娘であるシンシアには王族の高貴な血が流れているのだ。

「わかったなら、シンシア様にはくれぐれも失礼のないようにね。家政婦長や執事をはじめ、古参の使用人たちはシンシア様を幼い頃から見知っていて、とても可愛がっていらっしゃるの。私たちがこんな話をしていると知られたら大目玉を食らってしまうわ」

「わ、わかりました。今後は気をつけます」

「では、さっさと掃除に戻りましょう。でないといつまで経っても終わらないわ」

「はい！」

元気よく返事をし、新人女中はガラス窓に向き直って拭き掃除を再開する。だが、ふと下を向いた瞬間、シンシアの髪の銅色《あかがねいろ》が目に入り、手を止めた。

「お可哀想に……」

思わず小さな呟きが零れる。

シンシアは可愛がってくれた母を亡くし、その悲しみが癒《い》えないうちに新しい母親やその子どもたちと暮らすことを余儀なくされているのだ。

——シンシア様があんな儚《はかな》げに見えるのは、もしかして……。

元の雇い主から聞いた新しいベルクール伯爵夫人の性格を考えれば、少女がどれだけ「家」で肩身の狭い思いをしているか、想像がつくというものだ。

——でも若様の前では笑っていらっしゃる。

きっとユーディアスは辛い思いをしているシンシアの心の支えになっているのだろう。

「可哀想なお姫様を救い出す王子様か。若様にはぴったりな役ね」

ふふっと小さく笑うと、若い女中は作業に戻った。

＊＊＊

　まさか、使用人に噂されているとは夢にも思わないシンシアは、ユーディアスの言葉を聞きながらこっそりため息をついた。

　――楽しい時間はあっという間に過ぎてしまうわね。あと少ししたら、家に戻らないといけない。ユーディアス様と会えるのも、また来月……。

「どうしたんだい、シンシア？」

　シンシアのため息に即座に気づいたユーディアスが話を止めて、心配そうに尋ねる。

「具合でも悪いのかい？　日にあたりすぎたかな？」

「ううん、大丈夫。ただ……」

　言葉を切り、少し逡巡《しゅんじゅん》した後、シンシアは目を伏せながら正直に告げた。隠したところで、敏《さと》いユーディアスはすぐに気づいてしまうだろう。

「その……帰りたくないなって思って……」

「シンシア……」

　ユーディアスはシンシアの頬をそっと両手で包むと、じっと間近から彼女の緑色の瞳を覗き込んだ。まるでシンシアの心を見通そうとするように。

「そんなに憂鬱《ゆううつ》そうな顔をしているのは、君の継母《ままはは》たちのせいかい？　もし彼女らが君に酷いことをしているのであれば――」

シンシアは慌てて首を横に振った。ユーディアスに心配をかけたくなかったからだ。

「ううん、酷いことはされていないわ」

「本当に？　僕に心配をかけまいとして言っているんじゃないだろうね？」

「ほ、本当よ」

鋭い指摘にきゅっと身が縮む思いがしたが、これは本当のことだ。シンシアは虐待されているわけではない。綺麗な服も、美味しい食事も与えられているし、貴族令嬢としての教育も施されている。継母や異母妹から暴力を振るわれたこともない。

……けれど、ただそれだけだ。

――もうあそこは私の「家」ではなくなっている。

「でも、帰りたくない理由があるんだろう？」

「それは……」

「教えて、シンシア。何がそんなに君の瞳を曇らせているんだい？」

優しい声に促《うなが》されて、シンシアの緑色の瞳が揺らぐ。

迷ったのはほんのわずかの間だけだった。シンシアは長いまつ毛を震わせながら口を開いた。

「……お母様の面影がどんどん屋敷から消えていくの……。お母様のお気に入りの家具がなくなって、使用人たちも……いなくなっていく」

継母のマリアは屋敷からシャロンの痕跡を消すように次から次へと取り替えていった。シャロンが使っていた調度品や、ドレス、小物。彼女に仕えていた使用人すらも、「バカにされた」「従わない」「反抗的だ」、そんな理由をつけて次々と彼らをやめさせていった。

客観的に見れば、前妻を慕う使用人など、後妻にとっては煩わしい存在でしかないだろう。何をするにしても比べられるのだから。

けれど、生まれた時から親しんできた使用人たちが次々といなくなっていくことは、シンシアにとってとても辛くて悲しいことだった。

『お嬢様のお力になれず、申し訳ありません』

シンシアを可愛がってくれた使用人たちが、悲しそうに告げて屋敷を去っていく。父親は継母の言いなりでまったく頼りにならない。前妻の娘に過ぎないシンシアにも彼らを助ける力はなかった。

――あんなにも心をこめて仕えてくれた人たちを助けることもできず、何もしてあげられないなんて……！

優しかった彼らの顔を思い浮かべてシンシアは目を潤《うる》ませた。

「シンシア……。辛かったろうね」

ユーディアスは彼女を膝の上に抱き上げてそっと慰《なぐさ》めるように抱きしめた。労わるような口調と優しく温かな体温に包まれて、思わず泣きそうになったシンシアは、ぎゅっと目を閉じる。

母親のシャロンが亡くなって一年も経たないうちに父親が再婚したことも、継母の連れ子である双子が父親の実子であったことも、シンシアには大きな衝撃だった。

しかも、双子はシンシアと二歳しか歳が離れていない。長い間父親が母親を裏切り続けていたことも悲しかったし、怒りを覚えた。

けれど、異母妹弟は半分だけとはいえ、血が繋がっている。父親にとって大切な家族なのだから、自分も彼らを受け入れよう。家族になろう。……そう思ったのに。

『実の母親だと思ってちょうだいね』

初めて顔を合わせた時、そう言っていた継母だが、本心でないのはすぐにわかった。父親の手前、耳触りのいいことを口にしただけだったのだろう。必要がある時以外、彼女はシンシアを無視していたし、話しかける時も「仕方なく受け入れてあげている」ことを隠しもしなかった。

異母妹のレニエはシンシアを無視したりはせず、頻繁に話しかけてくるが、「お姉様」と口では言いながらその口調や言葉の端々には明らかに棘《とげ》が含まれていた。

――たぶん、レニエは私を嫌っている……。

レニエの双子の弟リオネルだけはシンシアに敵意を抱くことなく、慕ってくれている。

それが唯一の救いだ。彼がいなければ今以上に家はシンシアにとって耐えがたい場所となっていたことだろう。

けれど、リオネルがいくらシンシアを家族として扱ってくれようが、シンシアの状況が変わるわけではない。むしろ、リオネルが庇うことで、ますますレニエがシンシアに敵意を募らせることもあった。

好かれたい。家族になりたい。仲良くやっていきたい。そんなシンシアの願いもむなしく彼女を取り巻く環境は悪化していく一方だ。

だが、レニエに嫌みを言われることや、継母に無視されること以上に辛かったのが、全員が揃《そろ》って食事をする晩餐《ばんさん》の時間だ。

『ねえ、お母様、お父様、私、新しいドレスが欲しいの』

わざとシンシアに見せつけるようにレニエは継母と父親に甘える。

『いいわよ、伯爵令嬢にふさわしいドレスは必要ですもの。欲しいだけ買いなさいな。ねえ、あなた？』

継母がにこやかに応じれば、父親も相好《そうごう》を崩して頷いた。

『もちろんだとも。お前にふさわしいドレスを仕立てるといい。金はいくらかかっても構わないぞ』

父親は決してシンシアには向けない笑みを浮かべてレニエを愛しそうに見つめた。

リオネルはこのようなやり取りに口を挟むことはないが、父親は賢くて見目もよい息子が自慢のようで、食事の席で頻繁に話しかける。その様子はまさしく「家族」だった。

――でも私は決してその中に入れない。同じ部屋にいても、私だけが「家族」じゃない。

慣れ親しんだ使用人の代わりに雇われた者たちも、主夫婦とシンシアの微妙な関係を感じ取っているのか、彼女にはよそよそしかった。

なじめない家族。無愛想な使用人たち。

シンシアにとって家は孤独で酷く息苦しい場所になっていた。

――まるで、じわじわと真綿で首を絞められているような気さえする。

「シンシア。君には僕がいる。悲しまないで」

ユーディアスはシンシアの頭のてっぺんにキスを何度も落としながら囁く。

「家族が欲しいなら僕がなるから。あんな連中のことで君が悲しむ必要はないんだよ」

「……ユーディアス様……」

震える唇で彼の名を呟き、シンシアはユーディアスの胸に顔を埋めた。そこはシンシアにとって何よりも安心できる場所だった。

――優しいユーディアス様。大好きなユーディアス様。

二年前、母親が亡くなった時も、ユーディアスは彼自身ほんの少し前に母親を亡くしたばかりだったというのに、すぐに屋敷にやってきてシンシアに付き添ってくれた。泣き続ける彼女を抱きしめ「僕がいる。ずっと傍にいるから」と何度も言って慰めてくれた。

あの時、ユーディアスがいなければ、シンシアはきっと母親の死からいつまでも立ち直れなかったに違いない。

シンシアにとってユーディアスは自分を照らしてくれる温かな光のようなものだ。

……だからこそ、失うことを恐れる。ユーディアスから見限られることにいつだって怯《おび》えている。

『せいぜい飽きられないようにね、お姉様。うちのような新興の貴族が侯爵家の嫡男と婚約なんて、普通はありえないんだから』

レニエに言われた言葉が突然脳裏に蘇《よみがえ》る。胸が締めつけられたような痛みを覚えて、シンシアは唇を噛みしめた。

――レニエに言われなくても、そんなことはわかっているの。

婚約が決まった時、シンシアはまだ幼く、大好きなユーディアスとこの先も一生一緒にいられるのだと知り、単純に嬉しかった。だが、十三歳になった今は自分たちの置かれている状況もさすがに理解できるようになっている。

この婚約はシンシアの母親とユーディアスの母親である侯爵夫人の間で取り交わされたものだ。正式に婚約契約を結んだわけでなく、単なる口約束に過ぎない。セルディィエ侯爵が妻の希望を受け入れ、ユーディアス自身も認めてくれているからこそ、シンシアは彼の婚約者でいられるのだ。

もしユーディアスにシンシア以外に誰か結婚したい相手ができれば、あるいはセルディエ侯爵が息子にもっといい縁談をという話になれば、簡単に破棄《はき》されてしまうだろう。

シンシアを娶ることの唯一の利点であるフォーセルナム侯爵家との繋がりも、今は薄れてきている。五年前に祖父からフォーセルナム侯爵家を継いだ伯父は、妹亡きあと早々に愛人と再婚したシンシアの父親や継母を許さず、険悪な状態のままだからだ。

伯父夫婦は姪《めい》であるシンシアのことは気にかけてくれているが、父親と継母の手前、おおっぴらに交流することはできず、すっかり疎遠になっている。

――私にはユーディアス様を惹きつけておくだけのものが何もないわ。何も。

その上、シンシアはつい先日、自分が父親であるベルクール伯爵の実子ではないことを知ってしまった。新しく入ったばかりの侍女たちがこっそり噂話をしているのを偶然耳にしてしまったのだ。

『ねぇ、知ってる？　シンシア様って旦那様の本当の子どもではないそうよ』

『あ、私もその噂聞いたわ。言われてみれば、あの方、まったく旦那様と似ていないものね。レニエ様とリオネル様は奥方様と旦那様の両方にとてもよく似てらっしゃって、親子だとすぐにわかるのに』

父親はくすんだ金髪に水色の瞳、継母は鮮やかな蜂蜜色の髪に青い目の持ち主だ。二人の子どもであるレニエとリオネルは明るい金髪に青色の瞳で、顔立ちもそれぞれ両親に似ている。並ぶと親子だということはすぐにわかる。

一方、シンシアは銅色の髪に緑色の瞳、顔立ちは母親のシャロンに似ていて父親に似ている部分は一つもなかった。

――ああ、だからなのね。

侍女たちが話していたのはもちろん根も葉もない噂に過ぎない。けれど、その話を聞いてシンシアは衝撃を受けながらも、胸にストンと落ちるものがあった。

――だからお父様は私を愛してくださらないのだわ。自分の子どもではないから。

小さい頃からシンシアは父親に一線を引かれているような気がしていた。父親は表面的には優しかったし、シンシアが話しかければ応じてくれたが、いつも困ったような様子で彼女を見つめ、必ずこう言って彼女から離れていくのだ。

『お母様のところへ行っていなさい、シンシア』

シンシアには父親に抱きしめてもらったり、親愛のキスすらされた記憶もない。レニエのように可愛くて仕方ないという目で見てもらったこともなかった。

自分が父親の実の子どもでないのなら、当たり前の態度なのだとようやく腑《ふ》に落ちた。

継母がシンシアに「仕方なく受け入れてあげている」という気持ちを隠さないのも、家族の輪の中に入れてもらえないのも当然だ。シンシアは彼女たちから見れば、家族にまじった異物に過ぎないのだから。

その瞬間から、シンシアは彼らと「家族」になりたいという願いを捨てた。

「ああ、そうだ。シンシア。次の長期休暇を利用して、父上のお供で隣国のラインダースに行くことになったんだよ」

ユーディアスはシンシアを膝の上に抱え込んだまま、しんみりした話題を変えるように明るく言った。

シンシアはラインダースと聞いてパッと顔をあげる。

「ラインダースって、この間クーデター騒ぎがあった国？　そんなところに行って危険はないの？」

隣国ラインダースは十数年前に王位継承をめぐって内紛が勃発《ぼっぱつ》し、今の国王が即位した後も反国王派による反乱やクーデター未遂などが頻発している。常に政情不安に陥《おちい》っている印象だ。そんな場所に行って大丈夫なのだろうか。

「大丈夫。この前のクーデター未遂事件で反国王派の大半は捕縛できたそうだから。もう危険はないだろう」

安心させるように微笑むと、ユーディアスはシンシアの柔らかな髪をひと房掬《すく》い上げてキスを落とした。

「お土産を買ってくるよ。何がいい？　ラインダースは真珠の養殖《ようしょく》が盛んだから、君のこ

の綺麗な髪を飾る髪飾りなんてどうかな？　それともネックレスがいいかな」

ふるふるとシンシアは首を横に振る。

「宝石も真珠もいらないわ。ただ、ユーディアス様が無事に戻ってきてくださるのなら、他に何もいらない」

「シンシア、僕の小さな姫君。なんて可愛いことを言ってくれるんだろう！」

ユーディアスはぎゅっとシンシアの身体を抱きしめ、彼女の顔に何度もキスをした。くすぐったそうに頬や額に落とされるキスを受けながら、シンシアは小さな手をユーディアスの背中に回してぎゅっと抱きつく。

――そう、他に何もいらない。ユーディアス様がいてくれさえしたら。

何もかも失ったシンシアにとってユーディアスは最後に残された大切な存在だ。失ったら明日からどうやって生きていけばいいのかわからない。

自分が父親の本当の子どもではないと悟った瞬間、もっとも恐れたのは「家族」になれないことでも、父親に愛されないことでもなかった。ユーディアスを失うことをただただ恐れた。

――私がお父様の子どもではなく、父親不明の私生児だとセルディエ侯爵の耳に入ったら、きっとこの婚約は破棄されてしまう。

貴族は血統を大事にする。ベルクール伯爵の娘という出自がはっきりしているからこそ、セルディエ侯爵もこの婚約を黙認してくれているのだ。フォーセルナム侯爵家の血を継いでいるとはいえ、もしシンシアの父親が不明だと知られたら……。

――ねぇ、ユーディアス様。私はいつまであなたの婚約者でいられるのかしら？

その懸念は現実のものとなる。

十六歳になり、社交界デビューを間近に控えたある日、シンシアはユーディアスから婚約破棄された。

シンシアは呆然とその知らせを聞き、かろうじて保っていた自分の世界が崩壊する音を聞いた。

けれど、どうすることもできず、ただ受け入れるしかなかった。

第1章　平穏な日々は終わりを告げる

保養地の秋は王都より一足先にやってくる。

街路樹の葉が赤や黄色に染まり、風に煽《あお》られてハラハラと落ちていく。道は落ち葉に覆われ、まるで黄金の絨毯《じゅうたん》のようだ。

――そういえば、ここに来た時も同じように紅葉の時期だったわ。あれから、もう二年になるのね……。

「シンシアお嬢様、こちらの荷づくりは終わりました。……お嬢様？」

手を止め、窓越しにぼんやりと家の前の小道を眺めていたシンシアは、呼びかけられていたことにようやく気づき、我に返った。

「ごめんなさい、ミーシャ。つい紅葉に見惚《みと》れて手が止まっていたわ」

振り返って弁明めいたことを言うと、侍女のミーシャは優しく微笑んだ。

「見事な紅葉ですものね。私の方こそ中断させてしまって申し訳ありません、お嬢様。こちらの荷づくりはほぼ終わって、玄関の方に運んでおきましたので」

「ありがとう、ミーシャ。私の方もこれを詰めればもう終わるわ」

シンシアは手にしていたワンピースを丁寧にたたむと木製の箱に入れ、蓋《ふた》を閉めた。

「これを玄関に運んだら、一休みしましょう。ちょうど、アガサおば様のお茶の時間だわ」

「はい」

玄関ホールにすべての荷物を運び終えると、二人は居間に向かう。小さな家なので、あっという間にたどり着いた。

居間に入ると、椅子に座って新聞を読んでいた老婦人が顔をあげる。家主のアガサだ。

「もう荷づくりは終わったのかい？」

「はい。迎えが来るまでに終わってよかったです」

「まったく、あんたを寄こす時も突然だったのに、今度は突然帰って来いだなんて、相変わらず自分勝手な子だよ」

アガサは腹立たしそうに鼻を鳴らすと、新聞を読む時だけかけている眼鏡を外し、テーブルの上に置く。苛立たしげなわりには、その手つきはとても丁寧だ。眼鏡は高価なものなので、商家の嫁だったアガサには乱暴に扱うことなどとてもできないのだろう。

気に入らないことがあると、高価なものでもおかまいなく乱暴に床に叩きつける継母のマリアとは大違いだ。

——いつも思うけれど、お義母様とアガサおば様が親戚だというのが信じられないわ。だってあまりにタイプが違うもの。

「アガサおば様」と呼んでいるものの、シンシアとアガサに血の繋がりはない。アガサは継母の伯母で、レニエやリオネルにとっては大伯母にあたる人物だ。

商家に嫁入りし、夫を支えて商売を繁盛《はんじょう》させ、夫亡きあとは息子夫婦に商売を任せ、保養地に一軒家を建てて、そこで独り暮らしをしている。

二年前、ユーディアスから婚約破棄された後、シンシアは「静養のため」に王都の屋敷を出され、アガサに預けられた。……預けられたと言えば聞こえはいいが、アガサ本人が愚痴っているように、アガサにとっては突然シンシアを押しつけられたような形だ。

おそらく侯爵家に婚約破棄された娘など外聞が悪いから追い出したかったのだろう。けれど、シンシアはここに来るようにしてくれた継母に感謝していた。

——だって、アガサおば様と出会えたんですもの。

ここに来た直後のシンシアはユーディアスに見限られてしまったことで、生ける屍《しかばね》のようだった。ただ息をしているだけ。むしろそのまま死んでもいいと思っていたほどだ。

そんな自己憐憫《れんびん》の淵からシンシアを救い上げたのはアガサだった。

『婚約破棄されたくらいでメソメソするんじゃないよ！　もっといい女になって相手を見返すくらいの気概《きがい》をお見せ！』

アガサはシンシアを叱咤《しった》し、彼女に家のことをやるように命じた。シンシアの侍女として付き添ってきたミーシャにも必要以上の世話を禁じてしまった。

シンシアは貴族の娘として育ってきたので、当然ながら家事などしたことがない。身の回りの世話は侍女がやってくれていたし、掃除も洗濯《せんたく》も料理も専門の使用人がいて、シンシアがする必要はなかったのだ。

けれど、ここでは違う。アガサの家には通いの家政婦は来ていたが、常勤はしていない。アガサ自身もたいていの家事は自分で行っていた。シンシアたちも自分たちでやるしかないのだ。

慣れない家事に四苦八苦しながら、毎日必死でこなしていく。悲しんだりしている暇もなかった。

そのおかげだろうか、ふと気づくとユーディアスのことを考えない時間が増えていた。

『自分のことが自分でできるというのは大切だよ。何があっても住むところがあれば生きていけるからね。ここに来てあんたが習ったことは貴族の令嬢としては無用なものだ。だけど、自分の力で生きていけることは自信にも繋がる』

家事にも慣れ、自分のことが自分でできるようになったシンシアにアガサはそう言って笑った。

確かにそのとおりだ。買い物や洗濯、火おこし、料理。今まで知らなかったことを習得していく喜びと達成感に、シンシアは自分の中にあった深い傷が少しずつ癒えていることに気づいた。二年経った今では、ふとした瞬間に彼を思い出して悲しくなるものの、涙にくれることは少なくなっていた。

――これもアガサおば様のおかげだわ。

色々厳しいことも言われて、最初は戸惑ったシンシアだったが、いつしか彼女を本当の祖母のように慕っていた。

アガサは歯に衣着せぬ言い方をするし、毒舌だし、容赦がない。けれど、実はかなり情にもろく、公明正大な人物だ。強引に家事をやらされることになったが、それもシンシアのためを思ってのことだった。

そんなアガサだが、実は貴族出身だという。

『田舎の貧乏男爵家の長女だったのさ。でも何もかもなくなってしまった。父が見栄っ張りの放蕩者《ほうとうもの》でね。贅沢《ぜいたく》な生活をやめなかったのさ。領地を売り、屋敷を売り、しまいには没落して爵位すら失った』

どこか遠くを見ながらアガサは淡々とした口調で続けた。

『父は……ショックだったんだろうね。元々心臓が悪かったこともあって、貴族じゃなくなって間もなくあっさり亡くなった。まったく、最後まで人騒がせで身勝手な人だったよ。一家の主を失い、残されたのは平民として生活したことのない女や子どもばかり』

そこまで言ってアガサはシンシアを見て苦笑する。

『あんたに家事をやらせたのは、その時の経験があったからさ。私らの誰一人、火をおこすこともできなかった。平民なら誰でもできるというのにね。あの時ほど自分が無能だと感じたことはなかったねぇ。誰かにやってもらわないとお湯すら沸かせないのだもの。自分のことくらいできるようにしておくべきだったと、後悔したさ。でもその経験が今の自分を作ったと思っている。プライドで腹《ふく》は膨れないからね。私がやるしかなかったよ』

平民として生きる決心をしたアガサは、率先して家事をするようになり、自分たちで生きる力と知恵を学んでいった。

そして平民としての暮らしにすっかり慣れた頃、母やまだ幼い弟妹たちを養うために、羽振りのよさそうな商人のもとへ嫁いだ。

『私のすぐ下の妹――つまりマリアの母親も、夫の知り合いの商人に嫁いだんだよ。けれどあの子は……』

言葉を切り、アガサは深いため息をついた。

『妹は美人で、特に父に可愛がられて我がままに育ったせいか、いつまで経っても貴族としてのプライドが捨てられず、嫁いだ先で高慢な態度を取り続けた。そのせいで、娘《マリア》を産んで間もなく、旦那に愛想をつかされて家を追い出されてしまったんだ。マリアは妹が養育費をもらって育てることになった。……でも、私は妹の夫があの時マリアを引き取るべきだったと思ってる』

アガサの妹は娘のマリアに歪《ゆが》んだ考えを押しつけながら育てた。

――「あなたは貴族の血を引いているの。平民とは違うのよ。必ず貴族と結婚して、奪われた誇りを取り戻さなければならないわ」と。

洗脳するように言い聞かせられて育てられたマリアの価値観も、当然歪んだものとなった。

けれど、いくらマリアとその母であるアガサの妹が望んだとしても、高位の貴族はただ美しいだけの平民を結婚相手には選ばない。マリアにできたのは母親と同じように貴族の愛人となって虎視眈々《こしたんたん》と妻の座を狙い続けることだけだった。

『妹も貴族の愛人になってはトラブルを起こして捨てられることを繰り返していた。マリアは妹そっくりだ。容姿だけじゃなくて考えも、ひん曲がった根性もね。何度も諭したんだけど、聞く耳を持たなかった。小言を言えばかえって意固地になるだけ。あの子にとっちゃ私は口うるさいババアだろうよ』

貴族でなくなっても、実直に、そして自分の力で生きてきたアガサにとって、男に寄生する妹や姪の生き方は受け入れられるものではなかった。

『あんたには悪いと思っているんだよ。姪のせいで、しなくていい苦労をしているのだからね』

聞けば継母たちとアガサはほとんど交流がないようだ。レニエたちとも顔を合わせたのは数回だけだという。それなのに、どうして突然押しつけられただけのシンシアを受け入れて、これほどよくしてくれるのか。

不思議に思って尋ねると、アガサは苦笑しながら答えた。

『身内としてせめてもの罪滅ぼしさ。あんたは何一つ悪いことをしていないのだから。それにあんたが、私の思っていた以上に素直で良い子だったからというのもある。伯爵家の一人娘としてさぞ我がままいっぱいに育てられたのかと思いきや、私が言いつけた家事を文句も言わずに一生懸命こなしていた。レニエなんて〝あたしは貴族なのよ。なんで家事なんて平民みたいなことをしないといけないの！〟なんて言ってたのに』

シンシアの父親から金銭的な援助を受けていたので、マリアたちは自分たちで家事をする必要がなかった。それ以前に、貴族である自分たちがすることではないという考えだった。

一方、レニエとは対照的に、リオネルは嬉々《きき》として家事を教わっていたそうだ。

『あの一家で見どころがあるのはリオネルだけさ。残念なことにレニエはマリアにそっくりだ。いずれ母親と同じような道を歩むだろう。いくらマリアが正妻に収まろうが、双子が庶子だってことに変わりはないんだ。ましてやあの性格だ。保守的な貴族社会で受け入れられるわけがない』

アガサは社交界でマリアたち母娘の評判が悪いことも、高位の貴族たちからほとんど相手にされていないことも、商人仲間たちの情報でとっくに把握していた。

『マリアは自分たちが相手にされないのはベルクール伯爵家が新興の貴族だからだと思っているようだけどね。そうじゃない。爵位の高いものには媚《こび》を売り、低い相手を侮る。そんな自分たちの行いをそっくりそのまま返されているだけさ』

シンシアは継母が「新興の貴族だからってバカにして！」とヒステリーを起こしているところを何度も見たことがあった。継母と父親の社交界の評判など直接耳にする機会のないシンシアは疑うことなくその言い分を信じていたのだが、事実は少し違っていたようだ。

——私は本当に何も知らないのね。お義母様のことも、商家の出だということしか知らなかった……。

継母が貴族の血を引いていたことも、レニエたちがどういう環境で育ったのかも。知りもしなかったし、知ろうともしなかった。自分がどれほど狭い世界に生きていたのか、どれほど無知だったのか、アガサのもとに来てからシンシアはようやく理解したのだった。

——これで「家族」になりたいと思っていたのだから、滑稽《こっけい》よね。レニエが私をバカにするのも当然だわ。

そんなことを考えていると、侍女のミーシャがお茶を淹れて戻ってきた。

「アガサ様、どうぞ。ミルクはここです。お嬢様も冷めないうちにお召し上がりくださ い」

「ありがとう、ミーシャ」

テーブルに置かれたカップから立ち上るお茶の香りに、シンシアの頬が緩む。アガサもミルクたっぷりのお茶を一口飲んで、皺《しわ》だらけの顔を綻《ほころ》ばせた。

「あんたの淹れるお茶もこれが最後かと思うと寂しくなるねぇ。うちの家政婦が淹れるお茶よりずっと美味しいんだもの」

「ありがとうございます、アガサ様」

お盆を抱きかかえながら、ミーシャは嬉しそうに笑った。お茶の味に関してはうるさいアガサが、これほど褒《ほ》めることはめったにないのだ。

こげ茶色の髪に黒い瞳を持つミーシャはシンシアより二つ年上の朗《ほが》らかな女性だ。彼女はシンシアの侍女として、二年前、一緒に保養地にやってきた。

彼女がいなかったら、シンシアはとてもここでやっていけなかっただろう。ミーシャは悲しみのあまり自分の殻に閉じこもるシンシアを励まし、慣れない家事に四苦八苦する彼女を補佐してくれた。シンシアにとってはアガサと同じく恩人だ。

二年前、使用人が誰一人として行きたがらなかったシンシアの付き添いに、唯一手を挙げてくれたのが、まだベルクール伯爵家に勤め始めて間もないミーシャだった。

人気の保養地と言っても、住んでいるのは大半が老人だ。若い娘が好む店も娯楽もない。王都でもほとんど屋敷の外に出なかったシンシアはそれでも全然構わなかったが、まだ若いミーシャにはさぞ退屈だったことだろう。それなのに一言も文句を言わずに仕えてくれた。

——本当に、ミーシャには感謝してもしきれないわ。

ミーシャがよければ王都に戻ってもシンシア付きの侍女として務めてもらうつもりだ。

「迎えというのは何時ぐらいに来るんだろうね。まったく、理由も書かず、礼の言葉もなく、ただ迎えの日だけ書いて寄こすなんて、礼儀すら忘れたのかね、あの娅は」

お茶を飲みながらアガサはぶつくさと文句を言う。

突然継母から手紙が届いたのは昨日のことだった。手紙には「迎えを出すから、シンシアは王都の屋敷に戻ってくるように」という文面と日付が書かれていた。どうやらこの日に迎えに来るという意味らしい。問題は書かれていた日付が次の日——つまり今日だったということだ。

「王都から保養地まで距離があるから、出した手紙がすぐに届かないのは、まぁ理解できるさ。でもそれを見越して手配するのが当然の配慮というものじゃないか。こんな不手際ばかりなら、貴族たちにバカにされるのも当然さ」

「きっと、手紙を出して数日あれば十分だと思ったのでしょう」

つい取り成すようにシンシアは言った。

「荷物もそれほど多くないので、半日もあれば十分ですし」

「シンシア。あんたは人が良すぎるね。いいかい、あの子は――」

身を乗り出してアガサがさらに言い募ろうとした時だった。玄関の呼び鈴が鳴り、来客を告げる。

「きっとお迎えでしょう。見てまいります」

追加のお茶を淹れようとしていたミーシャが手を止め、居間を出ていく。しばらくしてミーシャは一人の少年を連れて居間に戻ってきた。くるくるとした金髪に、明るい青色の瞳を持つ、綺麗な顔立ちをした少年だった。

思わずシンシアはソファから立ち上がる。

「まぁ、リオネル！」

「お久しぶり、アガサおばあちゃん、シンシア姉様」

少年は朗らかに笑いながら挨拶をした。

彼こそシンシアの異母弟で、双子の片割れのリオネルだ。

「迎えってあなたのことだったのね」

「そういうこと。びっくりさせようと思って手紙には書かないようにしてもらったんだ」

リオネルはいたずらっぽく笑う。

「やれやれ。私らを驚かせようとしたのなら、大成功さ」

呆れたように言いながらも、アガサの顔は笑っている。リオネルは彼女のお気に入りなのだ。

「てっきり馬車と御者だけがくるものとばかり思っていたが、あんたを寄こすとは、気が利いているじゃないか。あの娃も多少なりとも配慮ができるようになったということか」

「あ、母さんは最初御者だけ送るつもりだったよ。でも僕が迎えに行くと志願したんだ」

「ふん。そんなことだろうと思ったよ」

アガサは思いっきり顔を顰《しか》めた。

保養地は治安がいいが、王都からここまでの道中は安全とは言いがたい。何年か前に寄り合い馬車がならず者たちに襲われたこともある。そのため、保養地に向かう時は護衛の兵を雇うか、信頼の置ける男性に同乗してもらうのが普通だ。

ところが二年前、保養地へ送られた時にシンシアと一緒に馬車に乗っていたのはミーシャだけだった。運よく何も起こらなかったが、もしかしたら大変なことになっていたかもしれない。

——そういえば、アガサおば様はそのことでもすごく怒っていたのだったわ。女性だけで来させるとはどういうつもりだと。あんたの父親が同乗して送り届けるのが筋だろうと。

当のシンシアはユーディアスのことで頭がいっぱいだったし、ぞんざいに扱われること に慣れていたので、気にも留めていなかったが。

「相変わらずなんだね、あの愚かな姪は」

「母さんは永遠にあのままだよ。気にするだけ無駄さ。おばあちゃんの白髪が増えるだけだよ」

「はっ、残念だけど、とっくに全部白髪になってるさ」

軽口を叩く二人を、シンシアは微笑んで見守る。アガサはいつもより生き生きしているし、リオネルも王都の屋敷にいる時よりずっと楽しそうだった。

シンシアがアガサのもとへ送られて以降、父親はおろか継母やレニエもここを訪ねてくることはなかったが、リオネルは別だ。どうやら以前から学園の休日を利用し、継母たちに黙ってアガサに会いに来ていたらしい。

「シンシア姉様。ごめんね」

アガサとのやり取りを終えたリオネルは、シンシアの目の前に来てすまなさそうに謝った。

「突然帰って来いだなんて。しかも急かしたりして。母さんはいつも深く考えず、思いつきで行動するから」

「いいえ。たいした荷物もないので、大丈……」

大丈夫と言おうとしてシンシアはあることに気づいて言葉を切る。以前は同じくらいの背丈だったのに、半年ぶりに会ったリオネルはすっかりシンシアの背を追い抜いていたのだ。

「まぁ、リオネル。背が伸びたのね」

リオネルはにっこり笑う。

「うん、ここ半年の間に急にね。でも伸びてくれてよかったよ。社交界デビューの時、姉様をエスコートしても見劣りしないもの」

「え？　社交界デビュー？　私の？」

思いもよらないことを聞いて、シンシアは戸惑った。二年前、社交界デビューをする予定だったが、アガサのもとへ送られて、以来、うやむやのままになっていたからだ。

リオネルは「あっ」と手で口元を押さえた。

「ごめん。伝えてなかったんだっけ。実は姉様が突然呼び戻されることになったのは、社交界デビューをさせるためなんだ。まぁ、ぶっちゃけると姉様が社交界デビューしない限りレニエもデビューできないと言われて、慌てて呼び戻すことにしたってわけ」

「はぁ？　どういうことだい？」

眉間に皺を寄せるアガサに、リオネルは実に楽しそうに説明してくれた。

……リオネルの話を詳しく聞いてみれば、実に継母らしい事情だった。

この国の貴族令嬢が社交界デビューをする方法は二つある。一つ目は家で舞踏会を開き、招待客の前でお披露目《ひろめ》をするやり方。

二つ目は社交シーズンの初めに行われる王宮主催の舞踏会に参加する方法だ。大勢の招待客がいるので、自分の屋敷で舞踏会を開くより多くの貴族、それも身分の高い男性の目に留まることも可能だ。そのため、貴族の令嬢は王宮主催の舞踏会で社交界デビューすることを望む。

けれど、王宮に上がれるのは伯爵以上の身分を持つ貴族だけだ。男爵家や子爵家の令嬢は一つ目の方法で社交界デビューせざるを得ないのだ。

シンシアは新興の貴族とはいえ、まがりなりにも伯爵令嬢なので、二年前の社交界デビューも王宮の舞踏会で行う予定で準備をしていた。

「レニエも今年で十六歳になったから、父さんも母さんも当然王宮で社交界デビューさせるつもりだった。でも、王宮側から待ったがかかったんだ。姉様が社交界デビューをしていないのに、妹を先にデビューさせるつもりか、とね」

「まぁ、姉を差し置いて妹が先にデビューするなんて普通はありえないからねぇ。王宮がケチをつけたくなる気持ちはわかるよ」

「そういうことだね。で、王宮側はレニエの社交界デビューは姉様がデビューをした後にしろと言ってきた」

「それで慌ててシンシアを呼び戻すことにしたわけだね」

「それだけじゃないんだ。姉様が社交界デビューをした後でってなると、レニエのデビューが一年遅れるってことだろう？　優良な結婚相手を同年代の令嬢に先に取られてしまうと焦《あせ》った母さんが無理を言って、姉様と同時に社交界デビューができるようにしてもらったんだ」

アガサが呆れたようにため息をついた。

「はぁ、まったく。たった一年なのに待てないのかい。社交界デビューは十六歳から可能だけど、十七歳でデビューする令嬢だっているだろうに」

「それじゃ嫌なんだって。とにかく母さんが焦って絶対今年中にレニエを社交界デビューさせるんだって息巻いてるんだ。父さんは母さんの言いなりだから、まぁ、反対はしないだろうね」

仕方ないとでも言うように肩を竦《すく》めると、リオネルはシンシアに向き直った。

「というわけで姉様には本当に申し訳なく思っているんだ。姉様はレニエと違って社交界デビューを望んでいるわけじゃないだろうから」

「……そうね」

二年前は社交界デビューする日を楽しみにしていた。でもそれはユーディアスの隣に一刻も早く並びたかったからに過ぎない。王宮舞踏会の場で彼とシンシアの婚約を公にすることになっていた。

結局、社交界デビューをする前にユーディアスから見捨てられてしまった。今は社交界デビューすることに何の喜びもない。

――でも、私が社交界デビューしないとレニエもデビューできないのよね。それではあまりにも気の毒だわ。

それにレニエには恩もある。婚約破棄された直後にベルクール伯爵邸を訪れたユーディアスと顔を合わせなくて済むように取り計らってくれたのだ。

――社交界に出ればユーディアス様と顔を合わせることは避けられない。それが怖くて社交界デビューのことは忘れるようにしていたけれど……。

いつまでもこのままアガサの世話になり続けるわけにはいかないことはシンシアにもわかっていた。

シンシアはリオネルをまっすぐ見つめ返して頷いた。

「わかったわ。王都に戻って社交界デビューをするわ」

平穏な日々が終わりを告げ、シンシアの止まっていた刻《とき》が動き始めていた。

第2章　再会

シンシアはまんじりともせずに、徐々に明るくなる空を見つめていた。

明日……いや、今日でここを離れなければならないからだろうか。寝つけず、ずっとベッドに座って窓の外を見ていた。

思えば保養地に来たばかりの頃は、どうしても眠りたくなくて、こうして夜が明けるのをよく眺めていたものだ。次の日、寝不足になってアガサに怒られるのも定番の流れだった。

——だって、眠れば夢にあの人が出てくるんですもの。

夢を見ている間はいい。けれど目覚めてそれが夢だったとわかると、すぐに彼に見限られたことを思い出してしまい、辛くてたまらなくなるのだ。

今でもシンシアが夢を見れば必ずユーディアスが現れる。彼が現れるのは、夢だけではない。

ふとした瞬間に思い出される幼き日々の記憶には必ず彼がいる。

物心ついた時にはユーディアスがいて、シンシアの人生の大半を彼が占め続けていたのだから、仕方ないのかもしれない。

ユーディアスとの最初の思い出は、実の母親に連れられてセルディィエ侯爵の屋敷に行った時のことだ。まだ少年だった彼が侯爵夫人とともに出迎えてくれて「ようこそうちの屋敷へ」とシンシアに微笑んでくれた記憶が残っている。

シンシアはそれが初対面だと思っていたのだが、だいぶ後になって彼に聞いてみたら、そうではないらしい。

『君は覚えていないだろうけど、その前に一度会ってるんだよ。その時、君にまた会いたいと思っていたから、屋敷に来てくれて嬉しかった』

それ以前の記憶は何もかも曖昧《あいまい》で覚えていなかったが、自分が初対面だと思った時でさえすぐに彼に懐《なつ》いたので、何かシンシアの中にも残っていたものがあったのだろう。幼い頃シンシアは兄姉がいなかったこともあり、とても人見知りで、なかなか他人と打ち解けることができなかった。

けれど、ユーディアスは他の人と違い、すぐに打ち解けることができた。彼と婚約したと母親から聞かされてとても嬉しかった。

『可愛いシンシア。大好きだよ』

ユーディアスはよくそう言ってシンシアを抱き上げ、腕の中に抱きしめて甘やかしてくれた。そのぬくもりがシンシアには必要だったのだ。

ユーディアスの家に母親と一緒に通っていた頃のシンシアは、既に父親との関係に悩んでいた。

『お父様は私がお嫌いなんだわ……』

父親はシンシアと目を合わせようとしないし、姿を見るとそそくさと出ていってしまう。父親に甘えたい年ごろだった彼女はどうにか父に褒められたくて「いい子にしていればお父様は私を見てくれるかもしれない」と思い込み、我がままも言わずに頑張っていたのだが、父親がシンシアを顧《かえり》みることはなかった。

母親にはなぜか相談できなかった。もしかしたら子ども心に両親の微妙な距離感に対して何か思うところがあったのかもしれない。

悩みを打ち明けられるのはユーディアスしかいなかった。ユーディアスはシンシアの頭を撫《な》でながら答えた。

『こんなに可愛いシンシアを嫌う人なんていないさ。きっと君のお父上は子どもが苦手なだけだと思う』

『じゃあ、この先も私はお父様から抱きしめられたり……キスもしてもらえないの？』

『抱きしめてもらいたいなら、僕がしてあげる。お父上の代わりに僕に甘えればいいよ。うんと甘やかしてあげる。キスだってね』

ユーディアスはそう言うと、シンシアを膝に抱き上げて、頬や額や唇にたくさんのキスをした。

『いつだって僕が傍にいる。甘えたくなったら僕のところへおいで』

その言葉に偽りはなく、ユーディアスはいつだってシンシアを抱きしめて、甘やかしてくれた。そのおかげで、徐々にシンシアの中で父親への慕情は薄れていった。

父親の代わりは必要なくなったものの、二人の触れあいは、その後も続けられた。ユーディアスの優しさと愛情はまるで鎖のようにシンシアに巻きついて彼女をからめとり続けた。

シンシア自身もそこから抜け出したいと思わなかった。

だが、子どもはいつしか大人になるものだ。年ごろになったシンシアはユーディアスを異性として意識し始め、過剰なまでの触れあいに恥ずかしさを覚えるようになった。

『結婚前の男女がこういうことをしてはいけないのだと、家庭教師の先生が……』

『僕たちは婚約しているんだ。構わないさ』

『でも……』

『僕に抱きしめられるのは嫌い？　嫌ならやめるけど』

嫌でないから困るのだ。抱きしめてもらうと安心する。大切にされていると感じる。あの辛い家ではなく、いつまでもこの腕の中にいられたらと願うほどに。

『君が嫌でなければ構わないじゃないか。僕は君を抱きしめたいし、甘やかしたい』

押し切られる形で続けられていた抱擁《ほうよう》が、少し形を変えたのは十六歳の誕生日だった。

『シンシア。十六歳になり、社交界デビューを控えた君はもう成人したも同然だ。だから、大人のキスを教えてあげる』

そう言ってユーディアスはシンシアを抱きしめて唇にキスをした。それはいつものキスではなかった。それまでも唇にキスをすることはあったが、触れるだけの他愛ないものだ。けれどその日のキスは違った。

『んっ……ふ、ぁ!?』

唇の隙間を割って、ユーディアスの舌がシンシアの咥内に侵入してくる。驚きに身体をこわばらせるシンシアをよそに、ユーディアスの舌は彼女の歯列をなぞり、舌に絡みつき扱き上げた。彼の舌が蠢《うごめ》くたびにシンシアの背筋を得体の知れない疼《うず》きが駆け上がっていった。

息が苦しくなり、力も抜け、頭がぼうっとしてきて何も考えられなくなった。

下腹部が熱を持ち、ツキンと痛みにも似たものを訴える。それはシンシアが初めて覚えた欲情――肉欲だった。

やがてユーディアスは顔をあげ、荒い呼吸を繰り返しながら頬を真っ赤に染めて涙目になっているシンシアを満足そうに見おろした。

『これが大人のキスだよ、シンシア。でも大人の男女の交わりはこれだけじゃない。結婚したらもっと色々教えてあげるね』

シンシアを見つめる彼のはしばみ色の目は、陽光が反射しているためか、不思議なくらいキラキラと輝いていた。

『大人のキスは気に入ったみたいだね。……ああ、早く君と結婚したい。君に色々教えてあげたいんだ』

ユーディアスはシンシアをぎゅっと抱きしめた。

『わ、私も早く、ユーディアス様と結婚したい、です。お、大人のキスの先も……知りたいです』

シンシアが素直に答えると、ユーディアスは微笑んだ。

『結婚したら、じっくり教えてあげるから、楽しみに待っていて』

――けれど、その機会は訪れなかった。

これが最後にユーディアスと会った時の記憶だ。

この後彼は仕事で隣国ラインダースに出かけた。彼の帰国とその後に待っている社交界デビューを心待ちにしていたシンシアに届けられたのが、婚約破棄の手紙だ。

「だめ、思い出してはだめ！」

シンシアは耳を塞いだ。思い出したら当時の辛い記憶まで呼び覚まされてしまう。

「もう終わったことなの！」

婚約は破棄され、シンシアはもう二度とユーディアスの温かな腕に抱きしめられることはないのだ。

「忘れなければならないのだから」

彼に大切にされた記憶も、一緒に過ごした長い時間も。

——でなければ私はもう二度と立ち上がれない。

顔をあげると、東の空から、太陽が昇っていた。


それから数時間後。シンシアはアガサに別れを告げてリオネルとミーシャと共に保養地を出発した。

『アガサおば様、本当にありがとうございました。感謝してもしきれません』

泣きながらアガサに抱きついて、別れと感謝の言葉を告げたのは、つい先ほどのことだ。

『ほら、泣くんじゃないよ。まるで永遠の別れみたいじゃないか』

アガサはシンシアの背中をポンポンと叩きながら優しい口調で叱咤した。

『いいかい、シンシア。生きること、幸せになることを諦めちゃだめだ。あんたが不幸になれば悲しむ人間がいるってことを忘れちゃいけないよ』

『っ、はい。わかり、ました……！』

『辛くなったらいつだって戻ってくればいい。ここはあんたの〝家〟なんだから』

その言葉がどれほど嬉しかったか、アガサはきっと知らないだろう。帰る場所がある、温かく迎えてくれる「家族」がいるということが、どれほどシンシアにとって意味があるか。

――アガサおば様……おば様に会えてよかった。ずっと元気でいてください。

玄関の外で見送ってくれたアガサの姿はもう見えない。

けれど、抱きしめた時のアガサのぬくもりや、いつまでも手を振っていた姿は今も目に焼き付いている。

「お嬢様」

ポロポロと涙を流すシンシアにミーシャがハンカチを渡してくれた。ミーシャもリオネルも何も言わず、シンシアが悲しみに浸れるようにしてくれている。その気遣いが嬉しくてシンシアはまた泣いた。

ようやくシンシアが泣き止んだのは、保養地から離れて王都に続く街道に出た後だ。

それを待っていたかのように、リオネルが学園での出来事や友だちのことを面白おかしく話し始め、いつしかシンシアは笑い声すらあげていた。

だが、そんな楽しい気持ちも王都に近づくまでだった。あと小一時間ほどで到着すると御者に告げられた時からシンシアはソワソワし始め、落ち着かない気分で外を眺めるようになっていた。

もはや自分の「家」だと思えないベルクール伯爵家に帰るのが不安だったこともある。けれど、それ以上に王都にはユーディアスとの思い出が染みついていて、近づくほどに封じ込めていた辛い記憶が蘇ってくるのだ。

——ユーディアス様……。

自分の心を守るために思い出さないようにしていた面影が脳裏に浮かび上がる。すると、締めつけられるように胸が痛んだ。

忘れてなどいない。今でもこの心は血の涙を流し続けている。

——ああ、ユーディアス様、どれほどあなたを愛していたか……!

ユーディアスはシンシアのすべてだった。リオネルが十三歳になって学園に入学し、家にめったに帰らなくなっていたこともあり、孤独なシンシアは以前にも増してユーディアスに依存するようになっていた。

アガサのもとへ預けられるようになり、それがどれほど異常だったのか今なら理解できるが、当時のシンシアにわかるはずがない。

だからこそ突然ユーディアスに突き放されて、シンシアは世界の終わりのように感じてしまったのだ。

婚約破棄された時のことが、まるで昨日のことのように思い出される。

沈痛な面持ちで一通の手紙を見つめる父親。

侮られたと憤る継母。

憐れみを浮かべてシンシアを見つめるレニエの青い目。

婚約破棄は誰にとっても突然の出来事だった。前兆もなく、送られてきた手紙でいきなり婚約破棄を申し渡されたのだ。

……いや、思い返せば前触れはあったのだ。シンシアがそれに気づくことができなかっただけ。盲目的にユーディアスを信じていたせいだろう。

シンシアより五歳年上のユーディアスは学園を卒業した後、自身の父親のいる外務省で働くようになっていた。彼は見目がよいだけでなく、人あたりもよくて賢くて働き者だ。すぐに外務大臣である父親の後継者として認められるようになった。

それだけでなく、社交界でも名門侯爵家の跡取りとして注目され、しばしば新聞にも取り上げられるほどになっていた。

二人の婚約はまだ公になっていなかったので、当然、彼のもとには独身の貴族令嬢たちが群《むら》がり、新聞をおおいに賑わせていた。レニエに毎日のようにそのことを揶揄《やゆ》され、不安にはなったが、シンシアはユーディアスを信じていた。

新聞に、ユーディアスが公爵家の令嬢をエスコートして夜会に現れたと書きたてられても、仕事で訪れたラインダース国の舞踏会で王女と何度も踊っていたと伝えられても。

けれどその信頼も、父親に呼び出されたあの日に、シンシアの心と一緒に粉々に砕《くだ》けてしまった。


——二年前のあの日、シンシアは突然父親の書斎に呼ばれた。

いつもはシンシアに近づきもしない父親からの呼び出しを少し怪訝に思ったが、社交界デビューが近いので、そのことについてだろうと軽く考えていた。

書斎に行ってみると、父親一人ではなかった。継母も一緒だった。

普段はシンシアの存在を無視している継母が、シンシアの顔を見るなり開口一番こう言った時に、ようやく尋常でないことが起こったのだと悟った。

『シンシア。心して聞いてちょうだいね。実は先ほど、セルディィエ侯爵家から手紙が届いてね』

『手紙？』

父親の方を見ると、机の上に一通の封筒が置かれていた。すでに開かれているが、元々は封蝋《ふうろう》で封印がされていたのだろう。遠目だったが、砕けず残っていた部分の封蝋に押された印章は、シンシアには見慣れたものだった。

セルディエ侯爵家の紋章だ。

『この手紙にはこう書かれていた』

継母の言葉を継ぐように、疲れたような口調で父親は重々しく続ける。

『嫡男ユーディアスとシンシアの婚約を解消する、と』

『――――え？』

最初父親が何を言っているのかシンシアにはよくわからなかった。脳が理解することを拒絶したのだ。

――婚約を、破棄？　誰の？　私と……ユーディアス様との婚約を破棄……？

しばらく経ってようやく浸透してきたその言葉の意味に気づいたとたん、シンシアは頭を殴られたような衝撃を受けた。

――ユーディアス様が私との婚約を破棄するって？　そんなの嘘よ……！

信じられなかったし、信じたくなかった。

けれど、父親が沈痛な面持ちで言った次の言葉に、これが現実のことだと思い知らされることとなった。

『すまない、シンシア。私たちにはどうすることもできない。抗議しても無駄だろう。

ユーディアス殿との婚約は元々シャロンと亡くなった侯爵夫人との間で交わされた口約束だったんだ。婚約証明書も取り交わしていない。正式じゃないんだ。無効だと言われてしまえば、それまでだ』

『新興の伯爵家だから侮られているのよ！　名門の侯爵家だからって、こんな紙切れ一枚で婚約破棄だなんて、バカにするにもほどがあるわ！』

継母が苛立たしそうに吐き捨てる。

父親と継母の言葉がぐるぐると頭の中をめぐった。

――嘘よ！　ユーディアス様が私を見捨てるはずがないわ！　だってずっと傍にいてくれるって約束したもの……！

嘘だと、何かの間違いだと叫びたかった。けれど、シンシアの口から言葉が零れることはなかった。

なぜなら、こうなることを薄々感じていて、ずっと恐れていたからだ。とうとうその時がやってきたのだと思った。

シンシアが父親の子どもではないという噂が、とうとうセルディィエ侯爵の耳に入ったのか。それともユーディアスに結婚したいと思うような相手ができたのか。あるいはシンシアのユーディアスへの依存が鬱陶《うっとう》しくなったのか。

理由はわからないし、知りたいとも思わない。ユーディアスに見限られたことに変わりないからだ。

その後、どうやって書斎から出て部屋に戻ったのか、シンシアには記憶がない。気づいたら自分の部屋のベッドにぼうっと座り込んでいた。

そこへ婚約破棄のことを両親から聞いたのか、レニエがやってきた。こういう時に真っ先にシンシアのもとに駆けつけるだろうリオネルは、昨年から全寮制の学園に入学していたので、屋敷にいなかった。

けれど、いなくてよかったと後で思った。姉思いのリオネルのことだ、婚約破棄のことを知ったら文句を言いにセルディエ侯爵家に押しかけていたかもしれないから。

『お母様とお父様から聞いたわ。お姉様の婚約が破談になったこと』

レニエはてっきりいつものように「それ見たことか」と嫌みを言いに来たのだと思った。けれど違った。レニエは、表情をなくして呆然と座り込むシンシアをしげしげ見た後、口を開いた。

『これでよかったのよ。前から私が言っているように、名門の侯爵家と縁続きになろうなんて、うちには分不相応だったんだから。もし予定どおり結婚したとしても、きっとお姉様は苦労したわよ。そうなる前に破談になってかえってよかったじゃない』

慰めともとれる言葉だった。思わずユーディアスのことを一瞬だけ忘れ、レニエの顔を見返してしまったほどだ。

『レニエ……？』

『その辛気臭い顔をやめて欲しいわ。世界の終わりというわけじゃないし、男がユーディアス様しかいないわけじゃない――』

急にレニエの言葉が途切れたのは、執事がやってきておずおずとユーディアスの来訪を告げたからだ。

『ユーディアス様が、私に会いに……？』

『きっと自分の口から直接婚約破棄を言い渡すために来たんだわ』

レニエの言葉にシンシアの顔から血の気がさっと引いた。それを見てレニエは戸口へ足を向けた。

『その様子じゃ、とてもじゃないけどお姉様が会うのは無理でしょう。いいわ。私が追い払ってくる』

『レニエ!?』

驚いたなんてものではない。まさかレニエがシンシアのために動くなんて夢にも思わなかった。唖然《あぜん》としている間にレニエは部屋から出ていき、だいぶ経ってから戻ってきた。

『しつこかったけど、なんとか追い返せたわ』

『あ、ありがとう……』

『別にお姉様のためじゃないわ』

ぴしゃりと言い返されたが、シンシアは嬉しかった。ユーディアスに見限られたことは辛かったが、いつもはシンシアを無視している父親や継母、それにレニエが、自分のために怒ったり動いてくれたことは、心を慰めてくれた。

その後、ユーディアスが再び会いに来たのか、来なかったのか、シンシアは知らない。継母からアガサのもとへ行くように言われ、次の日の朝早くにミーシャを連れて出発してしまったからだ。

あれから二年。シンシアはその間、一度もユーディアスを見ていない。その気になればいくらでもシンシアの居場所を突き止められただろうに、彼が会いに来ることはなかった。

シンシアはそれが彼の気持ちなのだと辛い気持ちで認めた。

——社交界デビューすれば、いずれはユーディアス様と顔を合わせることになるでしょうね……。

どんな顔をして会えばいいのかわからない。まだ心の傷は生々しく残っているというのに。

ユーディアスが婚約したという話はまだ聞いていないが、いずれ彼の隣に見知らぬ女性が寄り添っている姿を見なければならない日が来るだろう。

その時に自分はどうなってしまうのか。再び、どれほどの傷を負うのか、シンシアには見当もつかなかった。

三人を乗せた馬車は順調に進み、日が暮れる前に王都の一角にあるベルクール伯爵邸に到着した。

門番に鉄柵の門を開けてもらい、馬車ごと敷地の中に入る。

――とうとう着いてしまった……。

近づいてくる屋敷を憂鬱な気持ちで馬車の窓から眺めていると、同じように窓の外を見ていたリオネルが突然苛立たしそうに呟いた。

「あいつが来ているのか。やっかいだな」

「リオネル？」

リオネルにしては珍しいその反応を不思議に思いながら彼の視線を辿ったシンシアは、一台の馬車が建物の玄関先に停まっていることに気づいた。馬車に紋章がついているところをみると、貴族には間違いないだろうが、知らない紋章だ。

「あれはどなたの馬車？」

「オルカーニ伯爵の馬車だ。執事の話だと、半年くらい前から頻繁にうちに出入りするようになったらしい」

「オルカーニ伯爵……？　聞いたことがある気がするわ」

「悪名高いからね。社交界とは無縁の姉様も聞いたことがあるかもしれない。新聞沙汰《ざた》になったこともあるし」

「新聞沙汰……ああ、思い出したわ！」

記憶を探ったシンシアは思わず大きな声をあげた。聞き覚えがあるのも当然だ。新聞に載った記事を見てアガサが話してくれたことがあるのだ。……オルカーニ伯爵の悪行を。


——それは、シンシアがアガサに預けられて一年ほど経った頃のことだった。

アガサは王都より一日遅れで届く新聞を読むのを日課としていた。この日も眼鏡をかけて新聞の隅から隅まで目を通していたアガサがいきなり舌打ちをした。

『やっぱりこうなったか。最悪だね』

『アガサおば様？』

『ああ、すまなかったね。最悪の予想が当たってしまったから、つい声を出してしまったんだ。これだよ』

そう言ってアガサが指差したのは、新聞の端の小さな記事だった。

そこにはとある商人の一家が強盗に襲われて全員死亡したという内容が書かれていた。

不運にも、ちょうど実家に帰省中だった娘も、そこに居合わせたために殺されてしまったらしい。

『この、ちょうど運悪く帰省中で殺された娘がオルカーニ伯爵っていう貴族の三番目の妻だった女性だ。オルカーニ伯爵は貴族の令嬢ではなく、豪商や事業家の娘を妻に迎える変わり者だ。でもね、私の全財産を賭けてもいいが、十中八九、妻とその親族を殺させたのはオルカーニ伯爵だね』

自信満々に断言するアガサに、シンシアは驚きの視線を向けた。

『え？　で、でも自分の奥様ですよね？』

『そうさ。あの悪党は奥方の実家が経営している会社を手に入れるために、妻もろともその家族を全員始末したんだ。どうしてわかるかって？　過去の二人の妻も同じように不慮の事故で亡くなって、どちらの場合もオルカーニ伯爵が財産も会社も手に入れているからさ。だから、三度目の再婚をしたと聞いた時は、いつかこうなるんじゃないかと思ってたんだよ』

『まぁ……』

あまりの話にシンシアが絶句していると、アガサは身を乗り出して続けた。

『オルカーニ伯爵に関する黒い噂はそれだけじゃない。犯罪組織とも裏で繋がっているという話だ。卑怯な手で同業者を潰して手に入れた会社や店を隠れ蓑《みの》にして、禁じられている武器の売買を行っているんだ。要するにあの男の正体は貴族の皮を被った武器商人ってわけだね』

『武器を？』

カスターニエでは武器の売買はおろか、国内に武器を持ち込むことも国外へ持ち出すことも禁じられている。それだけでなく、国境に領地を持つ一部の貴族を除いて私兵を持つことも許されていない。

『オルカーニ伯爵の小賢しいところは決して国内で武器の売買をしないってことだ。売る相手は他国の連中だ。隣国ラインダースの反国王派とかね』

シンシアは息を呑んだ。

『まさか、数年前までラインダースで時々起こっていた反国王派による反乱やクーデター計画は……』

『その反乱に使われた武器は、間違いなくあの悪党が売ったものだ。ラインダースの現国王とうちの国王は懇意にしているから、何かあるたびに武器を反国王派に売った商人を取り締まるわけだが、どういうわけかオルカーニ伯爵を捕まえるまでにはいかない。証拠が足りないのさ。逮捕されるのはいつも組織の下っ端や、何も知らずに武器の売買をさせられていた会社の従業員だけだ。要するにトカゲの尻尾《しっぽ》切りだね』

『なんてこと……』

仮にも伯爵という位にいる貴族がそんな犯罪に関わっているとは。

『私ら商売人にとっても迷惑な事態だよ。取引先の会社がある日突然武器の売買をしていた罪でとり潰しになってしまうんだ。金の回収ができなくなる上に、軍に疑われて尋問《じんもん》された同業者もいる。とんだとばっちりさ。ただ幸いなことに、ラインダースの反国王派は今ではほぼ壊滅状態だと聞く。武器の売買をしたくても取引先がいなけりゃ、あの悪党の商売も成り立たないだろう。国にも目を付けられているそうだし、そのうち自滅するだろうさ』

アガサから聞いた話を思い出しながら、シンシアは眉を寄せる。

――オルカーニ伯爵はお父様が持っている会社が目当てで近づいてきたのかしら。

ベルクール伯爵は小さな投資会社を経営している。経営していると言っても、実際の運営は人任せにしていて、たまにしか会社に出入りしていないそうだが。

「リオネル。いったいどういう繋がりでお父様たちがオルカーニ伯爵と懇意になったか、あなたは知っている?」

リオネルは首を横に振った。

「残念ながらわからない。普段は学園の寮で暮らしていて、たまにしか家に帰ってこないから」

「そうよね。あなたは学生だもの……」

「一応、忠告はしたんだ。学園の友だちに聞いても、オルカーニ伯爵の良い噂は聞かないからさ。でも母さんが妙に伯爵を気に入ってて、聞く耳を持ってくれないんだよね」

「お義母様が……」

　ベルクール伯爵家の頂点に立っているのは継母だ。父親は継母の言いなりで、彼女のすることに逆らわない。リオネルが忠告してもダメなら、シンシアが何を言っても継母を動かすことはできないだろう。

「リオネルはオルカーニ伯爵と話をしたことはある？　どういう印象を持った？」

「一度しか顔を合わせてないけど、うーん。会った時の印象ねぇ……」

　顔を合わせた時のことを思い出しているのか、リオネルはしばらく考えこんだ後、ようやく答えた。

「外見は紳士そのものだ。でも、何と言うか、蛇《へび》のような人だったな。うまく言えないけど、そんな印象を受ける」

「蛇のような？」

「うん、そう。あの人の目、蛇の目を思わせるんだ。気のせいかもしれないけど、姉様はなるべく近づかない方がいいね」

　そうこうしているうちにシンシアたちの乗った馬車が、オルカーニ伯爵の馬車を避けるような形で玄関先に停まった。

　先に馬車を降りたリオネルがシンシアに手を貸しながら提案する。

「面倒くさいことになるから、オルカーニ伯爵と鉢合《はちあ》わせする前にさっさと屋敷の中に入っちゃおう。父さんや母さんへの挨拶はオルカーニ伯爵が帰った後に改めてすればいい」

「そうね。そうした方がよさそう」

ところが間の悪いことに、玄関に入ったとたん、帰ろうとしていたオルカーニ伯爵とおぼしき人物と父親、それに継母と鉢合わせしてしまった。

「シンシア？　あ、ああ、そうか。帰ってきたんだな」

シンシアの姿を見て、父親が目を見開く。けれどすぐにふいっと目を逸らされてしまった。

いつもこうだ。父親はシンシアの目を見て話そうとしない。

「ベルクール伯爵。そこにいる令嬢はもしや、あなたのご息女ですかな？　紹介していただいても？」

父親の隣に立つ男性がにこやかに微笑みながら口を挟む。

「え、ええ。もちろんですとも。シンシア、こちらはオルカーニ伯爵だ。ご挨拶しなさい。伯爵、私の娘のシンシアです」

やはり噂のオルカーニ伯爵だったようだ。苦々しい気持ちになりながらも、シンシアはワンピースの裾を摑み、腰を落として挨拶をした。

「初めまして、オルカーニ伯爵様。シンシア・ベルクールと申します」

「おお、これは礼儀正しいお嬢様ですね。初めまして、レディ・シンシア。ジョサイア・オルカーニです」

穏やかな口調で言いながら、オルカーニ伯爵はシンシアの手を取る。次の瞬間、なぜかぞわりと肌が粟立ち、背筋が震えた。反射的に手を引っ込めなくて済んだのは、オルカーニ伯爵がすぐにシンシアの手を放したからだった。

――いったいなんだったのかしら？

手をさすりたいのを我慢しながら、シンシアは内心首を傾げる。

……後から考えると、自分が捕食対象になったことを本能的に感じ取ったが故の無意識の反応だったのだろう。

けれどこの時のシンシアはそんなことに気づくはずもなく、オルカーニ伯爵と父親が会話を交わし始めたのを機に、一歩下がって悪名高い人物を観察しようとしていた。

「それにしても、シンシア嬢は下のご令嬢とはまた違う種類の美人ですな。美人の奥方に美しいご令嬢たち。私には妻も子どももいないので、うらやましい限りです」

「いやいや、オルカーニ伯爵もこれから十分に間に合いますとも」

「それにはまず健康な妻を得るところから始めないといけませんな」

オルカーニ伯爵は背の高いやせ型の男性で、歳は父親と同年代――四十代の半ばのようだ。濃い褐色の髪は綺麗になでつけられており、質の良い生地で作られた燕尾服《えんびふく》を身に着け、帽子を小脇に抱えた姿は確かに紳士そのものと言っていいだろう。

けれど外見だけでは人の中身は測れない。外見は美しいが性格に問題がある継母がいい例だ。

その継母は父親と会話をしているオルカーニ伯爵に近づき、馴れ馴れしく手を腕にかけた。

「ジョサイア様、素敵な贈り物をありがとうございました。たいしたお礼もできませんが、またぜひいらしてくださいませ。ね？」

媚びるような響きのある口調で言うと、継母はオルカーニ伯爵を見上げる。ところがオルカーニ伯爵は笑みを保ったまますっと身を引いた。継母の手だけがむなしく残る。

「ありがとうございます、マリア殿。たまたま手に入った外国産の置物ですが、気に入っていただけてよかった。それでは私はこれで失礼します。長居しては申し訳ないですからね」

小脇に抱えていた帽子を被ると、オルカーニ伯爵は父親に向き直った。

「それではベルクール伯爵、失礼します」

「あ、はい。どうぞお気をつけてお帰りください」

父親の挨拶に鷹揚に頷くと、オルカーニ伯爵は扉に向かって歩き始めた。邪魔をしないように、シンシアはリオネルと共に後ろに下がって道を開ける。二人の前を横切りながらオルカーニ伯爵はシンシアに目を向けた。

　一瞬だけオルカーニ伯爵の視線とシンシアの視線が交わる。それはほんのわずかな時間の出来事だった。けれど、その間、絡みつくような灰色の目に晒《さら》されたシンシアは、無意識に息を止めていた。……まるで、蛇に睨《にら》まれた蛙《かえる》のように。

　オルカーニ伯爵の視線が外れ、彼が玄関から出ていっても、シンシアは息を潜め続けた。父親と継母がオルカーニ伯爵を見送るために玄関を出ていくまでそれは続いた。

「大丈夫、姉様？」

「……ええ。リオネル。あなたがオルカーニ伯爵を蛇みたいな人と言った意味がわかった気がするわ」

　深呼吸をして、こわばっていた身体の力を抜きながら、シンシアはしみじみと言った。

　──外見は確かに紳士だったわ。でも何か落ち着かないものを感じさせる人だった。できれば二度と顔を合わせたくないけれど……。

「でしょう？　なんかあの人の目、爬虫類《はちゅうるい》を思わせるんだよ。父さんも母さんも一緒にいてよく平気だと思うな。まぁ、鈍いだけなんだろうけど」

　リオネルはちらりと玄関扉を見やると、シンシアを促した。

「それより、姉様も馬車での長旅で疲れただろう。夕食までまだ間があるし、荷ほどきはミーシャに任せて休んでいなよ」

「……そうね、そうするわ」

確かに長時間馬車に乗っていたせいで疲れていた。リオネルの言葉に甘えさせてもらおうと、促されるまま玄関ホールにある階段に向かう。

大理石でできた階段を上り始めると同時にその声は降ってきた。

「あら、ようやくお帰りね、お姉様。永遠に戻ってこないのかと思っていたわ」

ハッと上を向くと、螺旋《らせん》階段の二階部分に異母妹レニエの姿があった。

「レニエ……」

二年ぶりに見た異母妹はさらに美しくなっていた。

輝くような金色の巻き毛に、海を思わせる深い青色の瞳。眉は美しい弧を描き、長いまつ毛が滑らかな白い肌を強調するように頬に淡い影を落としている。細い鼻梁《びりょう》と、薔薇《ばら》色の唇も完璧な位置に配置され、彼女の美貌をより魅力的に見せていた。

けれど、その美しい唇から零れたのは辛辣《しんらつ》な言葉ばかりだった。

「それにしても、お姉様は相変わらずパッとしないわね。田舎にひっこんでいたからさらに地味になっているのではなくて？　ベルクール伯爵家の品位を保つためにもう少し努力をしてもらいたいものだわ」

——レニエは相変わらずね。でも私が地味なのは事実だし……。

シンシアは心の中でため息をついた。

地味とレニエは言うが、シンシアは美しく聡明だった実の母親とよく似ていると言われていることから、それほど悪い見た目はしていない。けれど、華やかな顔立ちのレニエと並ぶとどうしてもかすんでしまう。周囲は双子ばかりを称賛するし、彼女の美しさを指摘する人もいないため、シンシアの自分に対しての評価はかなり低めだ。

「聞いていると思うけれど、一緒に社交界デビューすることになったわ。せいぜい私の引き立て役になってちょうだいね、お姉様」

「……わか」

わかったわと続けようとしたシンシアの言葉を遮るように、リオネルが突然口を挟んだ。

「ベルクール伯爵家の品位？　笑っちゃうね。姉さんにだってないじゃないか。と言うか、そんなものは元々この家にはないのに」

「なんですって？　私をバカにしているの!?　それに姉さんじゃなくてお姉様と言いなさいと、いつも言ってるでしょう！　私たちは貴族なのよ！」

「貴族？　姉さんは貴族ですって澄ました顔してるけど、どうあがいても僕らが父さんの庶子として生まれたのは変えようがないんだ。そんなのに品位もへったくれもあるもんか」

「リオネル！」

レニエは美貌を歪ませてリオネルを睨みつける。リオネルはそんなレニエを挑戦的な笑みを浮かべて見つめ返した。

ややあってレニエはツンと澄ました表情に戻ると、フンッと鼻で笑った。

「いつまでも庶民気分が抜けないあなたと私は違うわ。最後に笑うのは私よ」

そう言い放ち、レニエは踵《きびす》を返し、二階の奥に消えていった。

「……姉弟なんだから、もう少し仲良くすればいいのに」

双子なのにレニエとリオネルの仲は良くない。普段は互いにあまり関わらないようにしているが、今のように一度対面すると必ず言い争いになるのだ。

人懐こい天使のようなリオネルがレニエに対しては妙に好戦的になる。だが、シンシアはなるべく二人に喧嘩して欲しくなかった。

「仲良く？　無理だね。だって僕らは双子とはいえ水と油ほど違うから」

「それはわかるけど……」

双子の彼らは髪の色も瞳の色も鏡に映したように同じだ。けれど男女の性別の差なのか、顔立ちは似ていても性格や気質はまったく異なっていた。

「僕らのことはいいよ。それより早く行こう、姉様」

「え、ええ。そうね」

促されて、シンシアは階段を上り始める。この階段も、屋敷の中も二年前とまったく変わっていない。

——変わらないのは階段や屋敷の中だけじゃないわ。

目を合わせようとしない父親。シンシアの存在を無視する継母。口を開けば嫌みばかり言うレニエ。

二年前と何一つ変わっていない。シンシアの立場も。この先もずっと異分子扱いなのだろう。

——でも不思議ね。前ほど気にならないわ。

それはきっとアガサのおかげだろう。家も立場も変わっていないが、確実にシンシア自身は変わってきているのだ。

——だから、きっと私は大丈夫。

背筋を伸ばし、シンシアは階段を一歩一歩上っていった。

＊＊＊

王都に戻ってきてちょうど一週間経った日の夜。

とある貴族が主催する夜会に参加するために、シンシアはリオネルと一緒に馬車の中にいた。前を行くもう一台の馬車には父親と継母、それにレニエが乗っている。

本来、社交界デビューしないとこういった夜会に出席することはできない。けれど王宮舞踏会でデビューすることがすでに決まっている場合は主催者の厚意で参加が認められることがあった。

今夜の夜会にはデビュタントの令嬢たちも参加できると聞いた継母は、レニエを売り込むチャンスだと喜び、彼女を着飾らせて連れていくことにしたのだった。

ちなみにシンシアはおまけの参加だ。主催者に「ご令嬢たちも一緒にどうぞ」と言われてしまった手前、シンシアだけを置いていくわけにはいかなかったのだ。

シンシア自身は気が乗らなかったが、ちょうど週末で屋敷に戻ってきていたリオネルがエスコートしてくれるというので、参加することにしたのだった。

「さっきも言ったけど、そのドレス、すごく似合ってるよ姉様」

エスコートできるのが嬉しいのか、にこにこ笑いながらリオネルがシンシアのドレスを褒める。

「ありがとう、リオネル。ドレスなんて久しぶりすぎて少し気おくれしているけれど、あなたがそう言ってくれるのなら大丈夫ね」

シンシアのドレスは彼女の緑色の瞳に合わせるかのような若草色で、結い上げた銅色の髪をよく引き立てていた。ふわりと広がるスカート部分は幾重にも薄い布を重ねたパニエによって膨らまされており、特別に派手なデザインではないが、デビュタントらしい若々しさを強調するものとなっている。

間に合わせの既製服《レディ・メイド》ではなく、シンシアのために作られた一点もののドレスだ。

「大丈夫。姉様にぴったりだもの。さすがフォーセルナム侯爵家だね」

今夜のドレスは、母親《シャロン》の実家であるフォーセルナム侯爵家がシンシアのために誂《あつら》えてくれたものだった。

フォーセルナム侯爵家とベルクール伯爵家は緊張関係が続いており、今でも両者の間にほとんど交流はない。けれど、そうした中でも伯父夫婦はシンシアを気遣い、毎年誕生日にドレスを送り続けてくれていた。

ユーディアスに会いに行く以外、ほとんど着る機会がなかったものの、年に一度届く贈り物《ドレス》のお礼状を書くのが伯父夫婦との唯一の交流機会だったので、毎年楽しみにしていたものだ。

――アガサおば様のところにいた二年間は届いていなかったから、そのささやかな交流も断ち切られてしまったと思っていたけれど……。

どういうわけか、今夜の夜会に参加することが決まったとたん、フォーセルナム侯爵家から今年の分が送られてきたのだった。

――まるで魔法みたいだわ。

送られてきたドレスは、サイズの手直しが必要ないほどシンシアの体形にぴったり合っていた。このドレスがなければ二年前に誂えた流行遅れのものを大急ぎでサイズ調整しなければならなかっただろう。

「それにしても、姉様がこのドレスを着て玄関ホールに下りてきた時のレニエの顔ったらなかったよね」

リオネルがくすくすと楽しそうに思い出し笑いをする。

「姉様に流行遅れのドレスを着せて、自分の引き立て役にするつもりだったんだと思うな。あてが外れて悔しそうに顔を歪めてさ」

「リオネルったら」

確かに悔しそうにしていたし、馬車に乗り込むまでシンシアを睨んでいたようだが、継母が大騒ぎしながら時間をかけて準備してきただけあって、今夜のレニエは輝くばかりに美しかった。

シンシアもミーシャが気合を入れて支度してくれたので、少しは見られるようになっているかもしれない。けれど、レニエと一緒に会場に入ったら誰もシンシアなど見ないだろう。

「私は別に引き立て役でいいわ。大勢の人がいるところは慣れていないし、誰かに話しかけられても何を言ったらいいかわからないもの」

「姉様は自分を低く見過ぎていると思うな。でもまぁ、エスコートは僕に任せてよ。母さんに言われて去年から夜会や舞踏会に強制的に参加させられているから、姉様より慣れていると思う」

貴族子弟は女性のような社交界デビューの催しはない。ただ十六歳前後から学園に通いながら、少しずつ社交界の催しにも顔を出して人脈を築いていくのが普通だ。

「男性も大変なのね」

田舎男爵家の出身だった父親は、王都にある学園に通う金銭的余裕がなく、社交界に人脈などまったくない人間だった。そのせいだろうか、跡継ぎである息子《リオネル》に過度な期待を寄せているようだった。

「僕としては父さんの会社を拡大させるために、社交界よりも実業界で人脈を築きたいんだけどね」

リオネルは背もたれに背中を預けながらぼやいた。

「まぁ、貴族との交流も無駄にはならないだろうから、我慢して行くけど、同じ時間を費やすなら、おばあちゃんのところで商売の勉強をしていた方がよっぽど有意義だと思うんだよね」

家族に内緒でリオネルがアガサのもとに通っていたのは、シンシアに会う以外に、商売のことを習いたいという動機があったからだ。

『父さんのように人任せにするんじゃなくて、自分で会社を経営したいんだ』がリオネルの口癖だ。

「確かに商売の勉強も必要だけど、あなたはベルクール伯爵家の跡継ぎなんだから、社交界で人脈を築くことも大事だと思うわ」

シンシアとしてはごくごく当たり前のことを言ったつもりだった。特別な場合を除いて、爵位を継げるのは男だとこの国の貴族法で決まっているからだ。

ところが、シンシアの言葉を聞いたとたん、リオネルは身体を起こして真剣な眼差しで言った。

「僕はベルクール伯爵位は継がないよ。継げないし、継ぐ気もないから」

「継げないって……どうして？」

「馬車が停まったね。どうやら到着したみたいだ。さぁ、行こう」

「え？　あ、そうね」

問い返す機会は失われた。

この夜を境に色々なことが立て続けに起こり、シンシアの頭の中からすっかりこのやり取りが抜け落ちてしまったのだ。

そのため、この時のリオネルの言葉の真意をシンシアが知ることになるのは、もっとずっと後のことだった。

明るいシャンデリアの下で大勢の着飾った男女が談笑している。

王宮で事務官を務めている今夜の主催者は、かなりの数の貴族に招待状を出したらしい。社交シーズンはまだだというのに、思っていた以上の人で会場はごった返していた。

「こんなに大勢の人を見るのは初めてだわ……」

シンシアは会場の壁際に立ち、会場を見渡しながらため息をついた。その隣にはリオネルがいて、心配そうにシンシアを見おろしている。

「姉様、大丈夫？　何か飲み物をもらってこようか？　もちろんアルコールの入ってないものを」

「ありがとう、リオネル。大丈夫よ。少し人ごみに酔っただけだから」

「普段はこんなに人が多い場所には来ないものね。姉様は」

リオネルにエスコートされて会場に入ったシンシアは、緊張はしていたが、それなりに夜会を楽しんでいたのだ。主催者に挨拶をし、曲に合わせてリオネルと一緒に踊り、声をかけてきた貴族とお世辞まじりのやり取りを交わす。どれも初めてのことだったが、自分が考えていた以上にうまくやれていたと思う。

けれど、やはりずっと気を張っていたせいか、途中で疲れてしまい、寄りかかれる場所を求めて壁際に下がっていた。

父親たちの姿は見えない。おそらくレニエに付きっきりで優良な独身貴族に彼女を売り込んでいるのだろう。

「辛いのなら、僕たちだけ先に失礼して屋敷に帰ろうか?」

「いいえ。大丈夫よ。さっきより少し元気になったから」

正直に言えば帰りたくてたまらない。けれど、ここで帰ったらせっかくエスコートをしてくれたリオネルに悪いし、後で継母たちに何を言われるかわかったものではない。

「ここにいたのか、リオネル。探したぞ」

父親が人ごみをかき分けてこちらに向かって来るのが見えた。彼はやってくるなりリオネルの腕を取る。

「お前に紹介したい人がいるんだ。来てくれ」

「えー……」

リオネルは嫌そうに顔を顰めた。

「顔を売っておけば、いつかお前の役に立つだろう人物だ。お前の将来のためなんだぞ」

「でも姉様の具合があまりよくないんだ。傍についてなきゃ」

ここで初めて父親の視線がシンシアに向き——しかし、すぐに逸らされてしまった。

「それほど具合が悪いようには見えないし、シンシアだってもう子どもじゃないんだ。自分の面倒は自分で見られるさ」

「父さんの目は節穴なの？　姉様が壁に寄りかかっているのが見えない？」

「……初めての夜会に興奮しているだけだろう。きっと」

「へぇ、ずっと離れていたくせにわかるんだ？」

シンシアにはリオネルが苛立ちをどんどん募らせているのがわかった。

このままでは言い争いに発展してしまうかもしれない。すでに周囲の人たちは何事かとこちらを見ている。シンシアは身を起こしてリオネルの腕に触れた。それからなるべく明るく笑う。

「リオネル、私なら大丈夫だから。行ってあげて」

「でも、姉様……」

「私はここであなたが戻ってくるのを待っているわ」

あからさまにホッとしたように父親が口を挟む。

「ほら、シンシアもこう言ってくれている。先方をいつまでも引き止めておくわけにはいかないんだ。行くぞ」

リオネルはそんな父親に一瞬だけ蔑《さげす》んだような冷たい視線を送る。けれど、すぐに元の表情に戻って頷いた。

「わかったよ。姉様がそう言うなら、行ってくる。すぐに帰ってくるから、ここで待ってて」

「ええ、行ってらっしゃい」

シンシアのことを気にして何度も振り返りながらも、リオネルは父親について人ごみの中に消えていった。

二人の姿が見えなくなったとたん、シンシアは笑顔を消して壁に寄りかかった。具合が悪かったからではない。改めて父親の中にシンシアは存在していないのだと思い知らされたからだ。

家族だと思っているのなら、シンシアも連れていって一緒に紹介するだろう。でも父親が呼んだのはリオネルだけ。

——大丈夫。気にしない。いつものことだもの。

壁に寄りかかったまま、シンシアはそっと目を閉じる。

初めての夜会を楽しむ気持ちは、すっかり萎《しぼ》んでしまった。


それからしばらく待ってもリオネルはなかなか戻ってこなかった。きっと父親と継母に捕まっているのだろう。

シンシアは壁際に立ち、なるべく目立たないようにしているのだが、どういうわけかリオネルがいなくなったとたん、男性にダンスを申し込まれるようになって困っていた。具合はだいぶよくなってきていたが、踊るのは無理だったし、そもそも知らない相手と踊りたいとも思わない。

幸いなことにしつこく食い下がってくる男性はいなかったが、誘われるたびにいちいち断らなければならないのが苦痛になっていた。

——どうして私なんて誘うのかしら？　他に貴族令嬢はたくさんいるのに。

母親譲りの美しさに加えて、シンシア本人が持つ儚げな雰囲気が男性の庇護欲を刺激していることに彼女はまったく気づいていなかった。

——ここでリオネルを待っていたいけど、少しの間ひと気のないテラスに移動した方がいいのかしら？

そんなことを思っていた時だ。目の前を横切った二人の令嬢が興奮気味に話している声がシンシアの耳に届いた。

「セルディェ侯爵がいらしているって本当？」

「本当よ。さっき主催者である伯爵が自慢げにご友人にしゃべっているのを聞いたもの」

「まさかこの夜会であのセルディェ侯爵のお姿を見られるなんて……あ、あそこじゃない？　あの人だかり」

「そうね、行きましょう」

シンシアの鼓動が高鳴った。

——セルディェ侯爵が……ここに？

二年前、シンシアがアガサのもとに預けられてからしばらく経った頃、新聞に外務大臣のセルディィエ侯爵が健康上の理由で引退し、大臣の地位を腹心の部下に、そして爵位を嫡男に譲って隠居したという記事が載っていた。

つまり今のセルディィエ侯爵はユーディアスだということになる。

——ユーディアス様がここに来ている……？

すーっと胃のあたりが冷たくなるのを感じた。

同じ王都にいるのだ。社交界の催しに参加していれば、いつかどこかで遭遇することもあるだろうと覚悟はしていた。でもそれはもっと先の、それこそ社交シーズンに入ってからだと考えていたのに。

——今すぐここを離れなければ……！

けれど、足から根っこが生えたようにシンシアはその場から動けず、吸い寄せられるように令嬢たちが進む先に目を向けてしまう。

そこには確かに人だかりができていた。

シンシアの唇から安堵の息が零れる。あれだけ人がいれば見えるはずもない。

ところが安堵した矢先、視線の先で人垣が動き、頭と頭の間からよく見知った横顔が垣間見えた。

——ユーディアス様！

その瞬間、シンシアの中で周囲のすべてが消え失せた。喧騒も、音楽も、あれほどたくさんいた招待客たちも。

ユーディアスは紺色の礼服に身を包み、知り合いと話をしているのか、柔らかな笑みを浮かべていた。やや長めの黒髪はすっきりとサイドに流されており、立ち居振る舞いには侯爵家当主としての自信と威厳が溢れていた。

「ユーディアス様……」

無意識のうちにシンシアの唇から名前が零れる。それは掠《かす》れていて、とても小さな声だった。けれど、まるでその声が聞こえたかのようにユーディアスが振り向く。振り向いたのはシンシアがいる方向だった。

「っ……」

次の瞬間、あれほど重かった足が弾かれたように動くようになり、シンシアはその場から逃げ出した。彼の視線に囚われる前に。

「はぁ、はぁ、はぁ……」

シンシアは薄暗くひと気のないテラスに出ると、手すりに寄りかかり荒い息を吐いた。手すりを握り締める手がぶるぶると震え、耳の奥でバクバクと心臓の音が鳴り響く。でも、これは決して走ったせいだけではない。

二年経とうが、やはり自分はユーディアスに囚われたままなのだ。

彼を思うだけでこんなにも胸が苦しい。仕方ないと諦めているのに、見限られて傍にいることができなくなったことが、こんなにも辛い。

涙が溢れてきて、目の前がぼやける。

でも泣くわけにはいかない。泣いたらきっとリオネルはすぐに気づくだろう。

——しばらくここにいて、落ち着いたらリオネルを探して……家に帰らせてもらおう。

ユーディアスがいるところにこれ以上いることはできない。遠目で姿を見るだけでも胸が痛くてたまらないのに、もしもばったり出くわしてしまったら、自分がどうなってしまうかわからない。

——だから王都に戻りたくなかったのに。

シンシアは零れそうな涙を拭うために手すりを放した。その手が突然何者かに摑まれたのは、直後のことだった。

「っ……！」

人の気配にまったく気づいていなかったシンシアは仰天して振り返る。そしてそこに険《けわ》しい表情をしたユーディアスの顔を見つけ、息を呑んだ。

「ユー……」

——なぜ？　どうしてここに？　私を追ってきたの？

「ようやく捕まえた……！　いったいなんで僕から逃げた!?」

肩を摑まれて強引にユーディアスの方に向き直される。今までユーディアスにこんなふうに手荒に扱われたことはなく、シンシアは呆然とするばかりだ。

……いや、呆然として声が出なかったのはそれだけの理由からではない。二年ぶりに間近で見たユーディアスの様子に、シンシアは困惑していた。

腹立たしげにシンシアを睨みつけるはしばみ色の目は焔《ほのお》を宿し、爛々《らんらん》と輝いていた。

――どうして……？

シンシアは漠然と、再会した時には冷たい目で見られるか、関係などなかったかのように無視されるのではないかと考えていた。

しかし、予想に反して、今ユーディアスの表情に表れているのは、怒り。それも憎しみに近い、炎のような怒りだ。

「答えられないのか？　僕たちが育んできた日々は無駄だったと？」

「何……を……？」

ユーディアスはいったい何を言っているのだろうか。育んできた日々を壊したのは彼の方ではないか。

不可解な彼の怒りに怯えていたシンシアの心に、怒りの焔が灯《とも》る。まるでユーディアスの怒りに呼応するように。

――あんなふうに紙切れ一枚で関係を絶たれて、私がどれだけ傷ついたことか！

「シンシア。答えろ」

ユーディアスは答えないシンシアに業《ごう》を煮やしたのか、肩を摑んでいた手で今度は彼女の顎《あご》を摑んだ。

「つっ……」

手加減はしているのだろう。けれど、顎を摑む指が肌に食い込んで痛かった。

「は、放して」

「ちゃんと答えるのなら、放してあげるとも。シンシア、二年前、どうして婚約を破棄しようとしたんだ？」

――え……？　何を……？

ユーディアスが何を言っているのかとっさに理解できなかった。

――私が婚約を破棄しようとした？

「答えられない？　会いたくないほど婚約が嫌だったということかな？」

――何を言っているの？　手紙一つで切り捨てたのはユーディアス様じゃないの！

シンシアの緑色の瞳が怒りで濃くなった。

「私との婚約を破棄したのはユーディアス様じゃありませんか！」

叫びながらシンシアは両手で思い切りユーディアスの胸を押しのけた。ユーディアスの目が大きく見開かれる。

大人しいシンシアが抵抗したことに驚いたのか、ユーディアスの手の力が一瞬だけ緩んだ。シンシアはその隙にもう一度彼の胸を押して拘束から逃れると、そのままテラスから走って逃げた。

「あ、姉様、見つけた！　どこに行ってたの？　戻ってきたらいないから心配したよ」

「ごめんなさい。その、化粧室に行っていたの」

どうやらシンシアがいない間に戻ってきていたらしい。夜会の会場に戻ってみると、リオネルがシンシアの姿を見つけて駆け寄ってきた。姿の見えない異母姉を心配してあちこち探してくれていたようだ。

「意外に混んでいたから、時間がかかってしまって……」

彼に心配をかけまいと平静を装って答えたつもりだったが、リオネルにはお見通しだったらしい。

「化粧室じゃないよね。酷い顔色をしている。何かあった？」

「…………」

シンシアは唇を噛む。何かあったと言えばあったが、何がどうなっているのかシンシアにもよくわからなかった。

答えられないシンシアを見て、リオネルは無理に聞きだそうとはせず、まだ小刻みに震えている手を取って優しく言った。

「ひとまず家に戻ろう。父さんの許可は取ってあるから」

「……ええ」

促され、シンシアは大人しく出入り口へ向かった。正直そう言ってもらえてホッとしていた。これ以上ユーディアスと顔を合わせずに済むのだから。

――ユーディアス様はなんであんなことを言ったのかしら？　婚約を破棄したのはセルディィエ侯爵家の方なのに。

広間から出る時、つい気になって振り返ってしまったが、ユーディアスらしき人物の姿はどこにもなかった。

馬車に乗り込んだとたん、リオネルが尋ねてきた。

「で？　僕が席を外している間、いったい何があったの？」

「それは……」

言うべきか迷っていると、リオネルはシンシアの返事を待たずに核心をついてきた。

「セルディィエ侯爵だろう？」

シンシアは弾かれたように顔をあげてリオネルを見る。リオネルはくすっと笑った。

「さっき父さんに紹介された貴族が言っていたんだ。セルディィエ侯爵がこの夜会に来ているって。姉様も彼の姿を見たんでしょう？」

リオネルがそこまで知っているのなら、隠す理由はない。それにシンシアも誰かに相談したかった。

膝の上の手をぐっと握り締め、シンシアは頷いた。

「姿を見ただけでなくて、話をしたわ。でもその時、ユーディアス様はとてもおかしなことを言ってて……」

テラスで顔を合わせたこと、ユーディアスが腹を立てていたこと、そして彼が問いただすように突きつけてきた言葉も、覚えている限りをリオネルに語った。

「ユーディアス様は私に『二年前、どうして婚約を破棄しようとしたんだ』って聞いてきたの。でもおかしいわよね、婚約破棄をしたのはユーディアス様の方なのに」

リオネルは顎に手を当てて、しばらく考えたあと口を開いた。

「それってつまり、婚約破棄は彼の意志じゃなかったということじゃないのかな」

「え？」

「婚約破棄を言いだしたのは彼じゃないんじゃないかって。そうでないと彼が姉様に怒る理由がないよ」

——婚約破棄はユーディアス様の意志じゃなかった？　私は見限られたのではなかったの？

一瞬、胸の中に喜びが湧き上がる。けれど、それはすぐに萎んでいった。

「でも、ユーディアス様の意志じゃないなら、あの婚約破棄の申し出の手紙はなんだったと言うの？」

シンシアはセルディエ侯爵家から届けられた手紙を確かにこの目で見ている。

「僕の所感でしかないけど、セルディエ侯爵の知らない間に第三者が婚約を破棄しようと動いたんじゃないかな」

「第三者……？」

「セルディエ侯爵が自ら婚約破棄したのでないなら、考えられる可能性は二つ」

どこか楽しそうにリオネルが続ける。

「一つ目は、先代のセルディエ侯爵が息子に内緒で勝手に婚約破棄を進めた」

それはありえる話だ。シンシアを息子の嫁としてふさわしくないと判断して婚約破棄したのかもしれない。

納得できる話だったが、リオネルは言った言葉を自ら否定した。

「でもこの線はないと思う。もし侯爵家の方から申し出た婚約破棄だったら、彼が姉様に怒りを向ける理由がない。じゃあ、誰かって話になるよね。そこで二つ目。婚約破棄の申し出の手紙がそもそも嘘だった」

「手紙が嘘？　偽物だったってこと？　でも、セルディエ侯爵家の封蝋があったわ。あれはそう簡単に偽造できるものじゃないでしょう」

「姉様が見たのは封蝋が押された封筒だけだよね。手紙の中身までは確認してないでしょう？」

意味ありげに言ってリオネルは微笑んだ。

「内々とはいえ、姉様と婚約していたんだ。うちには過去にセルディエ侯爵家の封蝋のついた手紙が何通も送られていたはずだ。そういうのを再利用したんだと思うよ」

「本物の封筒に偽の手紙を入れたってこと……？　まさか……」

シンシアの唇がわななき、声が震えた。ようやくシンシアにもリオネルが暗に示していることがわかったのだ。

侯爵家から送られてきた封蝋付きの手紙を受け取って保存し、それを再利用できる人間は限られている。父親だ。

「リオネル、あなたが言っているのは――」

――お父様たちが婚約破棄されたと嘘をついたということ……？　そんな、まさか……。

もしそうだとしたら、父親や継母、それにレニエにまでシンシアは騙《だま》されていたということになる。

「お、お父様たちには私の婚約を壊す理由がないわ。侯爵家と縁続きになった方が家のためにもいいもの」

「可能性の一つというだけだよ。何を信じるかは姉様の自由だ。でもね、姉様」

不意にリオネルは笑みを消して、真剣な眼差しでシンシアの目を射貫いた。

「セルディエ侯爵と、うちの家族。姉様はどちらの言葉を信じられる？」

「私は……」

声が震えて答えることができなかった。いや、答えが出せなかった。

「答えられないってことは迷っているということだよね。でもいつか姉様は答えを出さなきゃならなくなると思う。その時に間違って欲しくないんだ。だからよく考えて」

——ユーディアス様を信じたい。でも沈痛な面持ちで「すまなかった」と言ってくれたお父様を、私のために憤ってくれたお義母様を、そして私の代わりにユーディアス様と対峙してくれたレニエも信じたい。

どちらも信じたいのだ。

答えを出せず、シンシアは唇を噛みしめる。そんなシンシアをリオネルは静かに見守っていた。

＊＊＊

ユーディアスは逃げていくシンシアを追うことはせず、険しい表情のまま薄暗いテラスに佇んでいた。

腹は立てるまいと思っていたが、シンシアの顔を見ていたら二年間の鬱屈した思いがつい出てしまった。もっと冷静に話をするつもりだったのに、これでは彼女が逃げるのも無理はない。

気を静めるために深呼吸をしていると礼服を身に着けた壮年の男性がテラスに現れ、ユーディアスの横に並んだ。表情を緩め、ユーディアスは男性に尋ねる。

「どうでしたか？　ストーデン伯爵」

「どうやら首尾よくいったようだ」

ユーディアスに「ストーデン伯爵」と呼ばれた男性は満足そうに笑った。

「君がシンシア嬢と話をする時間を稼ぐために、なるべく長く引き止めて、その上で君がこの会場に来ていることをさりげなく教えてやったんだ。すると父親は、慌てて息子にシンシア嬢を連れて先に帰るように指示していたよ。婚約破棄の件があるから、君とシンシア嬢が顔を合わせるとマズイと思ったのだろうね」

「でしょうね」

「君とシンシア嬢の婚約の件を持ち出して揺さぶりかけたら奥方ともども慌てふためいていたな。彼らは婚約証明書のことは知らされていなかったのだね」

「ええ、シャロン様と両親との間で交わされたものですから。彼は関係ありませんでしたので、伝えなかったのでしょう。証明書の存在を知って、今頃は青ざめているでしょうね」

酷薄な笑みがユーディアスの口元に浮かぶ。ストーデン伯爵の顔にも同じような笑みが浮かんでいた。

「さて、追いつめられた彼らはどう出るだろうね。非常に楽しみではある。だがこの先は君に任せよう、セルディィエ外務補佐官。陛下にいい知らせをお伝えできることを願っているよ」

「はい。お任せください。今夜はご助力ありがとうございました。ストーデン伯爵」

「シンシア嬢は陛下やこの国にとってとても重要な存在だ。私が協力するのは当然のことだ。気にしないでくれ」

ストーデン伯爵は内務省にある貴族を管轄する国務尚書という部署の長官をしている。国王の側近中の側近で、ベルクール伯爵家とセルディィエ侯爵家の婚約に関する事情はおろか、シンシアの秘密もよく知っていた。

「さて私は戻ろう。君はもう少しここにいるのかね」

「ええ。きっと戻ったとたん囲まれてしまうので、しばらくここで月を見ていたいと思います」

会場に戻っていくストーデン伯爵を見送ったユーディアスは、煌々と輝く月を見上げた。

——さて、相手はどう動くだろう。

二年間、この時のために準備をしてきた。失敗は許されないし、失敗するつもりもない。

「事態が動いた時こそ、シンシア。僕は君を手に入れる」

決意に満ちた言葉は、誰の耳にも届かずに風に乗って消えていった。

第3章　そして令嬢は囚われる

「姉様。セルディィエ侯爵ときちんと会って話をした方がいい。真相を知るためにはそれしかないと思うから」

夜会の次の日、リオネルはシンシアにそう言い残して学園に戻っていった。

あの怒りをまた向けられるのかと思うと怖いが、リオネルの言うことももっともだ。問題はどうやってユーディアスと連絡を取るかだ。へたに使いを出せば、父親と継母に知られてしまうかもしれない。

「では、まず手紙をお書きになったらいかがですか、お嬢様」

部屋で悩んでいると、ミーシャが提案してくれた。

「私がこっそり誰にも知られないようにセルディィエ侯爵邸に届けてまいります」

「そうね。それがいいかもしれないわ。お願いして構わないかしら、ミーシャ」

「もちろんですとも」

ところが結局、この日は手紙を書くことができなかった。便箋を取り出したところで執事が来て、父親の書斎に行くように言われたからだ。二年前の婚約破棄のことが思い出されて嫌な予感がしたものの、行かないわけにはいかなかった。

予感は当たり、思いもよらないことを告げられたシンシアは呆然となった。

「結婚？　私とオルカーニ伯爵がですか？」

父親は上機嫌で頷いた。

「ああ、そうだ。どうやらお前を気に入ったようでな。結婚の申し込みを受けた。私はお受けしようかと思っているから、そのつもりでいてくれ」

機嫌がいいのは父親だけではなく、継母もいつになくにこにこしている。

「とてもいい話だと私も思うわ」

——いい話だなんてとんでもない……！

最悪な話だ。得体の知れない、蛇のような目をしたあの男と結婚すると思っただけでゾッとした。

個人的な感情だけではない。アガサの話を思い出せば、シンシアがあの男と結婚したら、家族全員の命が危ないのだ。

オルカーニ伯爵は三人の妻とその家族を殺し、相続する人間がいなくなった事業や財産をそっくりそのまま手に入れているという。家族のためにもこの話は受けるわけにはいかない。

シンシアは深呼吸をすると、すっかりその気になっている二人を交互に見ながらはっきりとした口調で言った。

「申し訳ありませんが、この話はお断りしてください」

「なんだと？」

父親と継母がびっくりした顔でシンシアを見つめた。

今までシンシアは、父親と継母の言うことにほとんど逆らったことはなかった。だから彼らはまさか彼女が断るとは考えていなかったのだろう。

確かに二年前までのシンシアだったら、この結婚話も大人しく受け入れていただろう。シンシアは父親の新しい家族に遠慮しながら生きていた。父親の本当の子どもではないかもしれないことも負い目になって、自分さえ我慢すれば逆らうことなく過ごしてきたのだ。

――でもこれだけは頷くことはできない。

驚きから立ち直った父親と継母の顔がみるみるうちに険しくなった。

「家長である私の決定に逆らうのか！　お前はオルカーニ伯爵のもとに嫁ぐんだ。いいな！」

「そうよ。親が決めた縁談に逆らうなんてとんでもないことだわ！」

突然の剣幕にシンシアはたじろいだ。けれど、二年間アガサのもとで暮らし、彼女の生き方を学んできたのだ。怯《ひる》むわけにはいかない。

『生きること、幸せになることを諦めちゃだめだ。あんたが不幸になれば悲しむ人間がいるってことを忘れちゃいけないよ』

胸に残るアガサの言葉に背中を押されるように、シンシアは一歩も引かず、父親の顔を見据えて尋ねた。

「では逆にお尋ねします。お父様たちはオルカーニ伯爵と縁続きになることが、本当にベルクール伯爵家のためになるとお考えなのですか？」

「そ、それは……」

今度たじろいだのは父親の方だった。だが口ごもった彼の代わりに継母が答える。

「あの方はお金をたくさん持っているし、方々に顔が利くのよ。ベルクール伯爵家のためになるに決まっているじゃない」

「その方々というのはどちらの方々なのでしょうか。オルカーニ伯爵には悪い噂がたくさんあります。禁じられている武器の売買をし、三人の妻とその親族を殺害して財産を奪ったとも聞きます」

「単なる噂だわ！」

「たとえ噂であったとしても、縁続きになればベルクール伯爵家にも自然と疑惑の目が向けられます。そうなれば、ベルクール伯爵家のような新興の家はいっぺんに信用をなくし、お父様たちは社交界から爪はじきにされてしまいますよ。それでもいいのですか？」

「だ、黙れ！　さっきから聞いていれば、親に向かってその生意気な口のきき方はなんだ！」

バンッと机を叩き、父親は威圧的に怒鳴った。

「そうですよ。あなたのように侯爵家から婚約破棄された娘を娶ってくれる貴族はオルカーニ伯爵くらいなものよ」

継母が吐き捨てたその言葉に、シンシアは昨晩めばえた疑惑を思い起こさずにはいられなかった。

胸の中に冷たいものがすぅっと落ちていく。

「……二年前にセルディエ侯爵から送られてきたという手紙は、本当に婚約破棄の申し出だったのですか？」

気づいたらそう尋ねていた。

父親と継母がハッとなり、互いに顔を見合わせる。けれど、すぐにまた居丈高《いたけだか》な態度に戻って怒鳴り始めた。そうすればシンシアがそのうち折れて結婚を承諾すると思っているのだろう。

「もちろん本当のことだ。親を疑うのか!?」

——親？　親らしいことをしてくれたことがあったかしら？

「なんて恩知らずな娘なの！　あなたは私たちの言うとおり、大人しく結婚していればいいのよ！」

高圧的に怒鳴られれば怒鳴られるほど、ますますシンシアの中の疑いは深くなっていく。

「はい、はい、そこまで」

いきなり書斎の扉が開いてリオネルが姿を現した。今ここにいるはずのない人物の姿に、父親はぎょっとした。

「リオネル!?　どうしてここにいるんだ？」

「家に校章を忘れたから取りに来たんだよ。もちろん、先生の許可は取ってあるからね」

校章というのは学園の紋章をあしらったバッジで、生徒である証明にも使われている。非常に大切なものだ。

「ところで廊下まで父さんと母さんの声が響いていたよ。内容が家中に丸聞こえだけどいいのかな？」

「ぐっ」

二人は押し黙った。それをいいことにリオネルはシンシアに手招きして、部屋の外に連れ出そうとする。

「まて、まだ話が途中だ！」

「いやいや、姉様の返事は聞いたでしょ？　それに父さんも母さんも、まさか悪評がひどくて貴族院議員の資格を取り消された人物を義理の息子と呼びたいわけないよね？」

貴族院とは貴族ばかりで構成された議会だ。爵位を持っている貴族なら誰でも議員になれる資格がある。実際に議会の採決に出席できるのは非常に限られた貴族だけなのだが、資格があるということは貴族の証の一つでもあるので、取り消されるのは不名誉なことだった。

――オルカーニ伯爵が貴族院議員の資格を取り消されたというのは初耳だったけれど、要するにそれだけ国の方でも要注意人物と見ているということなのよね？

もう噂に過ぎないという段階ではないのだ。

「そ、それは……その……」

継母は何か言おうとしているが、それ以上言葉が出ないようだった。

「じゃあ、話はそれだけなら、僕たちはもう行くよ」

止める声はない。リオネルは今度こそシンシアを連れて書斎から出ていった。

書斎から遠ざかっていく二人の背中を、憎々しげに眺めている人物がいたことには、二人ともまったく気づいていなかった。

「ありがとう、リオネル。とても助かったわ。でもいったい、どうして？　校章は大切なものだけれど、それがなくても授業は受けられるでしょう？」

「校章を忘れて取りに帰ってきたのは本当のことだよ。僕を援助してくれる人がほんの少し便宜を図って外出許可を取ってくれたんだ」

「援助してくれる人？　お友だちのことかしら？」

「んー、まぁ、そんな感じかな」

リオネルは笑ってごまかすと、急に真顔になった。

「それよりも姉様、気をつけてね。父さんはともかく、母さんがあれくらいで引き下がるわけはないから」

「わ、わかったわ」

今回の一件でますます父親たちに対する疑惑の念が深まってきている。まだ信じたい気持ちは残っているけれど、ユーディアスに会って二年前に何があったのかを聞くまでは警戒を怠らないようにしなければ。

……そう決意した矢先に事件は起こった。

オルカーニ伯爵との結婚話が出た二日後、シンシアは部屋で落ち着かなげにユーディアスからの連絡を待っていた。

手紙は昨日書いてミーシャに届けに行ってもらっている。ただ、ユーディアスは不在だったようだ。彼は夜会の次の日からずっと王宮に滞在して仕事をしているらしく、明日まで戻ってこないとのことだった。

それならばとセルディエ侯爵邸の執事に手紙を託《たく》した。

夜会の日のユーディアスの様子ならば、きっと手紙を読んですぐに折り返し連絡がくるだろう。念のため、返信はミーシャ宛てにしてもらうことになっている。

「お嬢様。落ち着かないようでしたら、お茶でも淹れましょうか？」

本を手にしては数ページだけ目を通してテーブルに置くという動作を何回も繰り返しているシンシアにミーシャは微笑みながら尋ねる。

ちょうど、テーブルに置いた本を取ろうと手を伸ばしていたシンシアは頬を染めると、頷いた。

「もらおうかしら。今日はアガサおば様がよく飲んでいたようなミルクたっぷりのお茶がいいわ」

「かしこまりました」

アガサはお茶の時間にはうるさくて、毎日きっかり同じ時間に飲むのを日課としていた。

飲むお茶も好みが激しく、濃い目に淹れてミルクをたっぷり加えたものが好きでよく飲んでいた。

「ミルクティーのことを考えたら、アガサおば様のことを思い出してしまったわ。お元気かしら？」

まだアガサと別れて半月も経っていないのに、もう彼女が恋しかった。

そんなことを考えていたせいだろうか。慌てたような様子でシンシアの部屋に飛び込んできたレニエが言った言葉に、警戒も何もかも吹き飛んでしまった。

「大変よ、お姉様。アガサおばあ様が倒れたって保養地から連絡が入ったわ！」

「え……アガサおば様が!?」

シンシアの手から本が滑り落ちて床に転がった。けれどシンシアはそれすら気づいていなかった。

「た、倒れたって、症状は？」

「わからないわ。ただ、すぐに来て欲しいそうよ。アガサおばあ様は一人暮らしでしょう？　身内の者がいないと病院も手術ができないと言っているの。一番保養地に近い近親者はうちだから、誰かが行かないと」

「手術ですって？　私でよければ行くわ！　おば様にはお世話になったもの」

シンシアは立ち上がる。頭の中は一刻も早くアガサのもとへ行かなければという思いでいっぱいだった。

「じゃあ、アガサおばあ様のことはお姉様に任せたわ。私、おばあ様とは相性が悪いから、私が行ったんじゃ、かえって具合が悪くなりそうだし。その代わり、お茶会に行って留守にしているお父様とお母様が戻ってきたら私から説明しておくわ」

「わかったわ。よろしくお願いね、レニエ。ミーシャ、聞いていたわね。急いでおば様のところへ向かうわ。すぐに出発すればなんとか日が暮れる前に保養地にたどり着けるでしょう」

「はい、お嬢様。すぐに支度します」

部屋の端で話を聞いていたミーシャに声をかけると、彼女はすぐさま準備に入った。

大急ぎで支度を終え、馬車に乗り込む。扉が閉まる前、見送りに玄関に出てきていたレニエにシンシアは声をかけた。

「ありがとう、レニエ。家のことはよろしくね」

「お姉様によろしくと言われる筋合いはないけれど、まぁ、いいわ。家のことは引き受けるから」

すっかりいつものとげとげしい口調に戻っていたが、シンシアは気にしなかった。

客車の扉が閉められ、馬車が動き出す。門に向かう馬車を見送りながらレニエは呟いた。

「いってらしゃい、お姉様。そして永遠にさようならだわ」

門を出ていく馬車を見送るレニエの顔には、美しくも酷薄な笑みが浮かんでいた。それは見るものをゾッとさせる、氷のような微笑だった。

「お姉様がこの屋敷に戻ってくることは二度とないわ。どうぞ、あの気味の悪い男のもとで一生惨めにお暮らしくださいな。私はお姉様の屋敷で、お姉様のお金で、お姉様が得ることができなかった家族の愛情をたっぷり受けて幸せに生きていきますから、どうぞ心配なさらないで？　ふふふふ……あははは！」

悪意と狂気に満ちた笑い声をあげると、レニエは悠然《ゆうぜん》とした足取りで屋敷の中に戻っていった。

後に残されたのは、馬車の轍《わだち》と静寂のみ。

だが、その静寂にまぎれていくつもの影がベルクール伯爵邸を出ていったことを、レニエは知る由もなかった。

＊＊＊

シンシアとミーシャを乗せた馬車は王都を離れ、保養地に向かって疾走《しっそう》していた。

――早く、早く。急いで……！

舗装の悪い道特有の酷い揺れに耐えながらシンシアは必死で天に祈る。

――どうかアガサおば様の症状が悪いものではありませんように。

「大丈夫ですとも、お嬢様。アガサ様が病なんかに負けるはずありませんもの」

ミーシャが力強く励ます。とは言うものの、そのミーシャもやはり不安を隠せないようだ。シンシアをこれ以上動揺させないように無理に明るく振る舞っているのだろう。

「向こうに行けばきっと元気なアガサ様が私たちを迎えてくださいます。『そう簡単にくたばるかい』って」

「そうね。そして、きっと私を叱るわね。こんなことで戻ってこなくていいから、自分のことをしっかりやれって」

ユーディアスと話し合う機会を蹴ってまで来てしまったことも、きっとアガサは怒るはずだ。

彼との再会が延びてしまったことを思い出して、苦い笑みがシンシアの口元に浮かぶ。

突然王都から姿を消したシンシアのことを彼はどう思うだろうか。

――ううん。今はユーディアス様のことを考えている時じゃない。一刻も早く保養地にたどり着くことを願わないと。

窓の外を見ればもう日は傾き、空は夕焼け色から宵闇色へと変化を始めていた。

――やっぱり保養地へはギリギリ夜になる前にたどり着くかどうかね。

そう思った直後のことだった。馬車のスピードがみるみるうちに遅くなっていく。しまいには道の真ん中で停まってしまった。

シンシアとミーシャは顔を見合わせる。

「どうしたのですか？　何かあったのですか？」

御者台にいるはずの御者に向かってミーシャが声をかけた。ところがまったく返事がない。返事がないどころか客車の外に御者の気配もなかった。

「おかしいですね……」

ミーシャは様子を見ようと馬車の窓から外を見る。するとハッと息を呑んだ。

「お嬢様、窓の外！　囲まれています！」

「え？」

シンシアも慌てて馬車の小さな窓から外を見てみると、先ほどまでなかった人影があった。それは御者ではなく、身なりの汚い男たちだった。

五、六人はいるだろうか。男たちはぐるりと馬車を取り囲み、じりじりと近づいてくる。その顔には下卑《げび》た笑みが浮かんでいた。

「ど、どうしましょう」

この街道が安全とは言えないことは知っていたが、最近では襲われることも少なくなったと聞いていたので油断していた。

――まさか、こんな時に襲われるだなんて……！　どうしたらいいの？

助けを呼ぼうにも王都までは遠い。かといって他の人に助けを求めようにも、緩やかな山の尾根を迂回するこの地域にはほとんど人は住んでいないはずだ。

シンシアは意を決して、お金の入った袋をぎゅっと握り締めながら、馬車を取り囲む男たちに声をかけた。

「お金ならあげます！　だから私たちを馬車ごと見逃してください！」

ならず者たちの目当ては金品だ。この街道で襲われた者は金品は奪われたが、殺された人はいないと聞いている。

だからシンシアはお金さえ渡せば解放してもらえる可能性は高いと考えた。……だが、男たちはにやにや笑いながらシンシアの提案を一蹴《いっしゅう》した。

「確かに金はありがたいしもらってはいくが、あんたを逃がすことはできないよ、貴族のお嬢さん。俺たちはあんたをとある人物のもとへ送り届けるように依頼されているんだからな」

「……え？」

――この襲撃は偶然ではなかったということ？　私を狙って襲ったというの？

だがシンシアたちが今日ここを通る確証はなかったはずだ。そもそもシンシアたちはアガサの件がなければ保養地に行くことはおろか、王都から出る予定もなかったのだから。

倒れたアガサのもとへ行くことになったのは、ほんの数刻前だ。それから彼らを雇い待ち伏せさせることなどできるはずがない。

そこまで考えたシンシアは、突如浮かんだ「とある可能性」に、くらりと目の前が暗くなるのを感じた。

……アガサが倒れたという知らせが仕組まれたものだったとしたら？

シンシアならアガサのことを知れば何もかもなげうって保養地に向かうことを知っている人間が、待ち伏せを指示したとしたら？

今回のことが仕組まれたことだとしたら、仕組んだ人間はシンシアのことをよく知っている人物以外にありえない。

アガサが倒れたとシンシアに言いに来たのは——誰？

「レニエ……？」

信じられないが、考えれば考えるほど確信に変わっていく。

——レニエが私を騙して陥れた……？　あれはすべて嘘だったの？

ならず者たちはシンシアの衝撃を知る由もなく、得意げな様子でしゃべり続ける。

「提示された報酬は俺たちが一生遊んで暮らせるほどの額だ。あんたには悪いが俺たちと一緒に来てもらうぜ」

「大丈夫です、お嬢様。私がお嬢様を、命をかけて守ります」

ミーシャはいつの間にか短剣を手にして、シンシアを背中に庇った。

「だ、だめよ！　無茶しないで！」

彼女が剣を扱えるなんて知らなかったが、いくらなんでもこれだけの人数からシンシアを庇うのは無理だ。

――ああ、どうすればいいの？　どうすれば……。

焦るシンシアたちをよそに、ならず者たちは馬車に近づいてくる。男の一人が馬車の取っ手に手をかけた。扉が開かないようにしたくても、馬車の客車は外側からしか施錠できないようになっている。

――ああ、もうだめ……！

男が客車の扉を開けようとしたその時、パーンという乾いた銃声が響き渡った。次の瞬間、窓のすぐ下にいた男がうめき声をあげて地面に倒れ込む。

銃声はさらに数回続き、馬車を取り囲んでいた男たちは次々と倒れていった。

「い、いったい何が？」

窓の外を覗いたミーシャが興奮したような声をあげる。

「お嬢様、衛兵隊です！　衛兵隊がならず者たちを捕まえていますよ！」

「衛兵隊が？　こんなところまで？」

衛兵隊というのは、国軍の中でも王都の治安を守る部隊のことだ。ただし、その活動範囲は王都に限定されており、これほど離れた場所まで来ることはないはずだった。

「いったい、何がどうなって……」

困惑していると、急に客車の扉が開いた。反射的にビクっと身体を震わせたシンシアの目の前に手が差し出される。

「——え?」

驚いてその手の主の顔を見れば、よく見知った人物がそこにいた。

「ユーディアス……様?」

馬車の外に立っていたのはユーディアスだった。

——どうして、あなたがここに?

「シンシア。おいで」

先日見たような怒りの表情ではなく、二年前までシンシアを守り慈しんでくれた優しいユーディアスが確かにそこにいた。

「怖かっただろう? もう大丈夫だ。悪い奴らは全員捕まえたから、外に出ておいで」

「ユーディアス様……」

優しい声に、シンシアの心は一気に二年前へ引き戻されてしまう。彼にすべて依存していたあの頃に。

——ユーディアス様が来てくれたからもう大丈夫。怖いことなど何もない。

差し出された手に自分の手を重ねる。シンシアは促されるまま夢見心地で馬車の外に出た。

外では、衛兵隊が倒れたならず者たちを拘束していて、いつもは静かな街道が男たちのうめき声や馬のいななきで溢れていた。

けれどその喧騒もシンシアの耳には入ってこない。魅入られたようにユーディアスの顔を見上げていた。

ユーディアスはシンシアの頬を撫で、顎をくすぐり、髪に触れる。シンシアはされるがままだ。なぜならそれが二年前までの二人の日常だったからだ。

「まったく油断も隙もない。リオネルの子飼いが知らせてくれなかったら、あやうくしてやられるところだった」

「リオネル？」

なぜリオネルの名前が出てくるのかわからない。不思議に思い、目で問いかけると、ユーディアスは「何でもない」と笑った。

「それより問題は君だな。罠に自ら飛び込んでいくなんて、無防備すぎる。これはお仕置きをしなくては。ああ、そうだ。二年間も僕から逃げたことへの罰も与えないといけないね」

楽しそうに笑いながらユーディアスの口から出てくる「お仕置き」や「罰」という言葉

にシンシアは戸惑い、何度も瞬きを繰り返す。

「罰……？」

「そうだよ。君には罰を与えないと……ああ、でもその前に、しばしお休み、シンシア」

優しい……いや、優しすぎる口調でユーディアスが告げた次の瞬間、シンシアは口元を布で覆われ、突然、目の前がくらっと揺れるのを感じた。

身体が傾き、たくましい腕に受け止められる。その頃にはシンシアの意識は闇のヴェールに覆われようとしていた。

「お帰り、シンシア。僕のもとへ。次に目覚めた時、君は僕の囚われ人だ」

暗闇の中に沈んでいくシンシアの耳に、そんなユーディアスの声が聞こえた気がした。


ユーディアスは、力を失いくたりと腕の中で気を失ったシンシアを、大事そうに抱きかかえた。

「お嬢様……」

馬車から降りてきたミーシャが心配そうにシンシアを見つめる。ユーディアスはそんな彼女に命令した。

「予定どおりこれからシンシアを領地へ連れていく。君も来てくれ、ミーシャ」

「はい。ユーディアス様に従います」

ミーシャは恭順の意を表するようにうやうやしく頭を下げる。

もしシンシアが気絶せずに二人のやり取りを見たら、怪訝に思ったことだろう。顔を合わせたことがないはずの二人が、互いをよく知っているような会話をしているのだから。

ただし、二人の間に親しげな雰囲気はなく、命令する者と従う者の関係のようである。

「ああ、それと君の飼い主のあの方に連絡をしておいてくれ。近いうちに姫君をお連れすることになる、と」

「感謝いたします、ユーディアス様。我が君がどれほど喜ばれることか」

今度は感謝の意をこめて深く頭を下げたミーシャは、ユーディアスから離れると、いずこかに姿を消した。

ユーディアスは腕の中のシンシアを見おろして、嫣然《えんぜん》と笑う。

「僕たちの邪魔をする者はもうすぐいなくなる。ようやく、君を完全に僕のものにできると思うと嬉しいよ。君もそうだろう？　僕の姫君」

耳元で囁くと、気を失っているはずのシンシアが嬉しそうに笑ったように見えた。

＊＊＊

今か今かと連絡を待つその男のもとへ一報が届いたのは、ユーディアスがシンシアを連れて出発してしばらく経った頃だった。

側近がやってきてそっと耳打ちする。

「ミーシャから連絡が入りました」

渡されたのは、連絡用の鳥が運んできた小さな紙片だ。

「おお、ようやくか」

男はその紙片に書かれていた文字をさっと確認し、ひそやかに笑い、玉座から立ち上がった。

「王妃とサリーナを呼んできてくれ。吉報だ。シャロンの娘を迎える準備をする」

それを聞いて側近が感極まったように言った。

「ああ、ようやくこの日を迎えられるのですね。亡きシャロン様もきっとお喜びでしょう」

男は頷き、側近に意味ありげな視線を送った。

「そうだな。でもシャロンの娘を迎えるにあたって大掃除をせねば」

側近も男の視線を受けてにやりと笑う。

「手はずは整っております。カスターニエ側に動きがあればすぐにでも実行できましょう」

男はその返答に満足そうに緑色の目を細めると、天を仰ぎ、語りかけた。

「シャロン、導いてくれ。君の娘に仇なす者に罰を、愛する者には幸運を――」

そう呟く男の髪はシャンデリアの灯りの下で銅色に輝いていた。

＊＊＊

幾重にも意識を覆っていたヴェールが剝《は》がれていき、シンシアは目を覚ました。

目を開けて真っ先に見えたのは天蓋付きベッドの天井だ。天蓋付きのベッドになど寝たことがないシンシアはどうして自分がこんなところにいるのかまったく理解できなかった。

――ここはどこかしら？　私はいったい……？

眉を寄せながら上半身を起こしたシンシアの身体から上掛けがずり落ちる。むき出しの肌が目にとまり、シンシアはぎょっとした。何も身にまとっていなかったのだ。

慌てて上掛けをたぐり寄せて上半身を覆いながらシンシアは不安そうに周囲を見回した。

見覚えがないのは天蓋付きのベッドだけではない。巨大なベッドを置いてもなお余裕のある広い部屋も、使われている上等な調度品も、何一つ記憶になかった。

――ここはいったいどこなの？　置かれている調度品のデザインが王都にあるセルディエ侯爵邸のものと似ている気がするけれど、これほど大きな部屋は見覚えがないわ。

幼い頃から通っていたセルディエ侯爵の屋敷のことはユーディアスに案内されてよく知っている。けれど当主の部屋でもこれほどの広さはなかったはずだ。

——いったいここはどこなの？　どうして私はこんなところに裸でいるの？　確か、私は保養地に行く途中でならず者に襲われて、あやうく攫われかけたところをユーディアス様が……。

その時ガチャリと部屋の扉が開き、水差しを手にした男性が入ってきた。それはシンシアもよく知っている人物だった。

「ユーディアス様……？」

ユーディアスは上着を脱いでおり、くつろいだ様子だった。唖然としているシンシアに気づいたユーディアスは微笑んだ。

「気分はどうだい？　君は三日も意識がなかったんだよ」

「み、三日も？」

「ああ、心配したけれど、目が覚めてよかった」

言いながらベッドに近づいてくるユーディアスに、シンシアは慌てて上掛けを引き上げ、素肌を隠す。それでも恥ずかしくてたまらなかった。

「あ、あの、ユーディアス様。ここはどこでしょうか？」

ユーディアスはベッドサイドのテーブルに水差しを置きながら答えた。

「ああ。ここはセルディィエ家の屋敷だよ。ただし、王都ではなくて、セルディィエ領にある屋敷だけれどね」

「セルディィエ領!?」

シンシアは目を見開いた。セルディィエ領はカスターニエ東部にある広大な土地だ。隣国ラインダースとの国境にも近く、王都から三日以上かけないとたどり着けない。

「待ってください。王都の郊外にいたはずなのに、どうして、いつの間に……」

「気を失う前のことは覚えている?」

シンシアはこくんと頷いた。

「アガサおば様が倒れたとレニエに聞いて保養地に行こうとしたら……ならず者たちに襲われて……彼らは誰かに雇われて私をどこかに連れていくつもりだったみたいだけど……」

「君はレニエに騙されたんだ。保養地に送り込んだ監視人の話だと、あの老婦人はぴんぴんしているとのことだよ」

その言葉を聞いて、シンシアの胸がツキンと痛んだ。

ならず者たちに襲われた時にそんな気はしていたので、驚きはない。けれど、レニエに騙されていたと聞いて悲しくないわけがない。

――レニエ。あなたはそれほど私が嫌いなのね。

一つだけ幸いだったのが、アガサが倒れたわけではないということだ。

「よかった。アガサおば様は無事なのね」

「よくはないだろう。君は自分がどういう目に遭いそうになったか、わかっていないのか？」

厳しい声で言われてシンシアは唇を噛む。

「そ、そういうわけでは……」

「もし間に合わなかったら、今頃君はならず者たちに連れ去られて、ひどい目にあっていたかもしれない」

そのとおりだ。彼らは誰かに頼まれてシンシアをどこかに連れ去ろうとしていた。もしユーディアスが駆けつけてくれなかったら、今頃はその相手のところへ連れていかれていただろう。

シンシアはそこまで考えて思わず顔をあげた。

「あの、ならず者たちは誰に頼まれて、私をどこに連れていくつもりだったの？　衛兵たちが捕まえたのだから、彼らの証言で判明するはず……」

言葉が途切れる。ユーディアスが首を横に振ったからだ。

「残念ながら、ならず者たちに君を襲わせた相手は不明だ。間に人を何人か介しているから、ならず者たちの証言から本当の依頼者を割り出すのは難しい。……けれど、僕は黒幕はオルカーニ伯爵だと思っている」

「オルカーニ伯爵が？　あの人がどうして……」

シンシアは思わず目を見開く。だがすぐにその理由に思いあたった。

――もしかして、私が結婚を断ったから？

「覚えがあるようだね。そう、君に求婚を断られたオルカーニ伯爵が君を手に入れようとして襲わせた。おおかた君を保護したと見せかけて既成事実を作ろうとしたんだろう」

「既成事実？」

「そう、純潔を奪えば君はオルカーニ伯爵と結婚するしかないからね」

連れていかれた先で自分の身に起きたかもしれない悲劇に、シンシアは青ざめた。

――そうだわ。そういうことだってありえたのだわ。

もし純潔を奪われていたら、シンシアは貴族としての体面上、オルカーニ伯爵と結婚せざるを得なかっただろう。ましてや父親や継母は縁談に乗り気だったのだ。シンシアの気持ちがどうあろうと結婚させていたはずだ。

でもなぜだろう。このような強硬手段に出てまでシンシアを手に入れたい理由がわからない。母親が生きていた頃ならフォーセルナム侯爵家と繋がりという利点はあったかもしれないが、今のベルクール伯爵家と縁続きになってもそんなに得することはない。

「私と結婚したって何も意味はないのに……」

「彼なりの理由はあるのだろうな。だが今のところ、ならず者たちとオルカーニ伯爵との接点は見当たらない。だから捕えるわけにはいかないんだ。ただそうなると、またいつ同じことが起こるかわからない。そのこともあって僕は君を領地に連れてきたんだ。あの状況で君をベルクール伯爵家に返すわけにはいかないからね」

「……はい」

ユーディアスの言うとおりだ。実家に戻ればまた同じことが起こるかもしれない。

「保養地もだめだ。治安がいいだけあって、軍はあそこにほとんど人員を割いていない。警備する衛兵も少ないし、年寄りばかりでいざというとき対処しづらい。あそこからなら簡単に君を攫ってしまえるだろう。何人か監視人を置いているが、彼らだけで君を守るのは難しい」

「ま、待ってください。あの、監視人って？」

聞き捨てならないことを聞いた気がしてシンシアは尋ねる。するとユーディアスは肩を竦めた。

「文字通り監視人だよ。君のね。君の動向を監視するため、僕が雇った。監視と言うより護衛の意味が強いが、監視人には違いない」

ぎょっとして、シンシアはユーディアスを見返す。

「私を見張っていたの？　い、いつから？」

「二年前から。君がアガサの家に行ってすぐのことだ。君の居場所を割り出すなんて簡単だったからね」

ガンと頭を殴られたようなショックを受けて、シンシアの上掛けを握る手にぎゅっと力が入った。

「……に、二年前？　私がアガサおば様のところへ行った直後に？　そんな、どうして……」

ユーディアスが自分の前に姿を見せないのは、見限られて婚約破棄されたからだと信じていた。ユーディアスのことだ、誤解があったのなら、シンシアをなんとしても探し出して説明してくれただろうから、それがないということは婚約破棄は真実なのだと、そう思っていたのだ。

とは言え、彼の話が本当なら、ユーディアスは自分から婚約破棄をしたわけではないのに、シンシアをただ監視するだけでずっと放置していたということになる。

「二年前に私の居場所がわかっていたのなら、どうして……」

「会いに来なかったのか、って？」

シンシアの言いたいことを代わりに口にすると、ユーディアスは面白くもなさそうに笑った。

「君はあいつらの言うことを真に受けて僕から逃げ出したんだからね。憤る気持ちもあった。正直、すぐさま保養地に出向いて君を連れ去り、屋敷の一室に監禁しようと思わないでもなかったさ。でも、時期が悪かった。君は保養地にいたから知らないかもしれないが、あのあとすぐに父上の持病が悪化して、爵位を継ぐことになった。大臣の仕事は優秀な父上の片腕が引き受けてくれたが、一部の仕事は僕が引き継がなければならず、関係国への挨拶回りもあって、とてもじゃないが僕が直接君を追いかける余裕はなかった」

「……ごめんなさい。おじ様のことは新聞で読んだわ」

シンシアは自分を恥じた。よく考えればわかったことだ。シンシアがアガサのところへ行った直後にセルディエ侯爵が引退するという記事が出た。あの時期、ユーディアスは公私ともに大変だったはずだ。シンシアはそんな彼を支えるべき立場にあったのに、逃げ出してしまった。

──ああ、私はなんて至らなかったのだろう。

辛い思いでシンシアはそれを認めた。

今までのユーディアスの言動から見ても、彼が自分から婚約破棄を言いだしたわけではないことはわかった。そして、あの当時、病をおして仕事の引き継ぎをしていたユーディアスの父親も、息子の婚約に介入する余裕などなかっただろう。

つまり──婚約破棄自体がシンシアの父親と継母の虚言《きょげん》だったということだ。

──リオネルが示唆していたとおりだったんだわ。

セルディエ侯爵家から送られてきた本物の封筒を使って、シンシアを騙したのだ。彼らの態度からうすうすそのことに気づいていたが、いざこうやって真実を示されると、心が抉《えぐ》られるようだった。

父親の悲愴な表情。継母の憤り、レニエの励ましも、すべてが嘘だった。まやかしだったのだ。

――私はあの人たちにとって、騙しても辛い思いをさせても構わない人間なのだわ。

ぎゅっと目を閉じて、辛い気持ちを胸の中に押しとどめると、シンシアはベッド脇に立ち自分を見おろすユーディアスを見た。

婚約破棄は間違いだったと言うのなら、なぜあの夜、彼はシンシアに会いに来たのだろうか。

アガサが倒れたと聞かされる前、シンシアは二年前に何があったのか知るためユーディアスと話し合うつもりだった。予想とは違う形になったが、こうして顔を合わせている今は尋ねるのに良い機会だろう。

シンシアは深呼吸をすると、ユーディアスに言った。

「ユーディアス様。お尋ねしたいことがあります。……二年前のことです」

「へえ、二年前」

ユーディアスは片眉をあげると屈みこみ、ベッドに片手をついてシンシアを間近で見つめた。あまりに近い距離に、シンシアは上掛けの下が裸であることに急に心もとなさを覚えた。

——そういえばなぜ私は裸だったのかしら？　一緒にいたミーシャはどうなったの？

「なんだい？」

促され、逡巡した後、シンシアは尋ねる。

「婚約破棄のことなのですが……」

口にしたとたん、シンシアは肩を押されて、ベッドに背中から倒れ込んだ。ユーディアスはすかさず彼女の上に覆い被さる。二人分の体重を受け止めたベッドがギシッと音を立てて軋む。

「……ユーディアス様？」

「君の口から婚約破棄などという言葉は聞きたくないね」

ユーディアスは驚きうろたえるシンシアをよそに上掛けをはぎ取ると、現れた白い肌に手を這わせる。

ざわりと肌が粟立った。けれどそれはオルカーニ伯爵に手を取られた時のような嫌悪感からくるものではなく、痺れを伴う甘美なものだった。

「やっ、ユーディアス様、やめっ……ひっ！」

胸の膨らみの片方を大きな手が覆い、柔らかな肉を堪能するかのように揉《も》みあげる。

ユーディアスはシンシアの制止を無視して首の付け根に唇を寄せる。シンシアは肌にかかる彼の吐息や濡れた唇の感触に、くすぐったさと同時にゾクゾクとしたものを感じた。

さすがのシンシアもユーディアスがこれから何をしようとしているのか理解できないほど無知ではなかった。

「ま、待って、ユーディアス様！」

肩を押して、ユーディアスを押しとどめようとする。

「その前に話を……話を聞いて……あ、や、痛っ」

胸もとに口づけたユーディアスが急にそこを強く吸い上げる。びりっとした痛みにシンシアが慌てて見おろすと、たちまちその箇所に赤く鬱血したような跡が浮かび上がった。

「君の白い肌に、キスマークはよく映えるね」

くすりと笑ったユーディアスは、再びシンシアの鎖骨に吸い付き、紅を散らす。それだけに留まらず、ユーディアスは至るところに鬱血の跡を刻んでいった。

ちりちりとした痛みと、肌を這う手が生みだす疼きに同時に襲われて、シンシアはぶるっと震えた。

ユーディアスは顔をあげ、自分が施した白い肌にちらばる所有の印をじっと見おろしながら口を開いた。

「いくら君が僕を嫌い、婚約破棄をしたいと思っても無駄だよ。僕と君の婚約は婚約証明書のある正式なものだ。双方の同意がなければ破棄できない。諦めるんだ。君は僕のものだよ。オルカーニ伯爵などには渡さない」

シンシアはぎょっとした。ユーディアスを嫌いだなんて言ったことは一度もない。ましてや婚約破棄したいなどと口にするはずがない。

「私はそんなこと……」

言いながら気づく。シンシアに嘘を言ったように、シンシアの両親はユーディアスにもまた嘘を告げたかもしれない。

再びシンシアの肌にキスマークを刻み始めたユーディアスの肩を必死になって押し戻しながら、シンシアは叫んだ。

「待って違うの！　私はそんなことなんて言ってないわ。お願い、ユーディアス様。二年前、いったい何があったの？　私はそれを知りたいのです！」

ピタリと動作を止め、顔をあげたユーディアスは唇を歪ませた。

「二年前に何があったか知りたいだって？　ああ、教えてあげよう」

ずいっと間近で覗き込まれたシンシアは、彼のはしばみ色の瞳がギラギラと怒りに燃えていることに気づいて愕然とした。

表面上はいつもの優しいユーディアスだったから気づかなかったが、彼は未だにシンシアに怒りを覚えているのだ。

「仕事で赴いたラインダースからようやく帰国したと思ったら、ベルクール家から手紙が届いていて、君が僕を嫌がっているから婚約破棄したいと書かれてあった。君と伯爵の連名で」

「婚約破棄の手紙？　私が嫌がっている……？」

そんなことは言っていないし、手紙も出していない。

「もちろん、僕はすぐに君に会いに行ったさ。君が僕を嫌うなんてありえないからね。……でも君に会えず、レニエにこう言われたよ。『お姉様はあなたに会いたくないんですって。結婚もしたくないそうよ。嫌われたものね』ってね」

「レニエが……？」

追い払ってくれると言っていたが、そんなことを言っていたとは思いもしなかった。

「おまけに『私ではお姉様の代わりにならない？』などと言って僕を誘ってきた。とんだ女狐だな。もちろん拒絶したけどね。その後、何度会いに行っても君とは会えなかった。シンシア、どうして僕から逃げた？」

「ち、違います。私は婚約破棄なんて、してな……」

「そんなことはわかっている。最初は頭に来たが、君が僕から離れるわけがないからね。リオネルに連絡を取って、君が保養地にいること、僕が婚約破棄をしたと君が思っていることを知った。僕が怒っているのは、君が僕ではなく、あの家族の言うことを信じたという事実だ。君を辛い目に遭わせてきたあいつらを信じて、僕を信じなかったことだ」

「……ごめ……ん、なさい……」

それしか口にできなかった。弁明の言葉も出ない。

――ユーディアス様の言うとおりだわ。

あれほど大切にされていたのに、見限られることに怯えていたせいで、婚約破棄を信じてしまった。それだけではない。婚約破棄をされて辛かったけれど、その時に父親や継母、レニエがシンシアに示してくれた家族の情が嬉しくて、そちらに縋ってしまったのだ。

あの瞬間、シンシアはユーディアスではなく家族の方を選んでしまったのだ。

ユーディアスが腹を立てるのは当然だった。

「シンシア。これは罰だよ。君が僕ではなくあいつらを選んだことに対する、罰だ」

「罰……」

「君を僕に捧げて欲しい。その身も心も全部差し出して、この胸に巣くう怒りを、君の身体で鎮めて欲しい」

抵抗する気はもうなかった。

シンシアは唇を噛みしめ、ぎゅっと目を閉じる。

ユーディアスに少しでも償いができるのであれば。この身体を差し出してその心が慰められるのであれば。

——私はいくらでも差し出そう。

「私に罰をください、ユーディアス様」

シンシアの答えを聞くなり、ユーディアスは身体を起こし、シャツを脱ぎ捨てる。その視線はずっとベッドに横たわるシンシアに張り付いたままだ。

一糸まとわぬ姿でベッドに肢体を投げ出すシンシアは、まるで彼に捧げられたいけにえのようだった。

胸もとや首筋、乳房の膨らみのあちこちに散らされたユーディアスの所有の印がさらに憐れみを誘う。

「乱暴にするつもりはないよ。君は初めてだから。前に大人のキスを教えてあげた時のことを覚えているかい？」

それは婚約破棄される直前、十六歳の誕生日にあったことだ。あの時初めて、ユーディアスは触れるだけのキスではなく、もっと深くて濃厚なキスをしてくれた。

シンシアは頷きながら、その時のことを思い出し、下腹部がほんのり熱を帯びるのを感じた。

「あの時、結婚したら色々教えてあげると言ったね。今それを教えてあげよう。まだ結婚はしていないけれど、それも時間の問題だ。今、君が僕の子どもを孕《はら》んだとしても何も問題ない」

「孕む……」

その言葉にぞくりと肌がざわついた。

結婚する前に肌を合わせるなど、貴族の令嬢としてあってはならないことだし、ましてや妊娠などもってのほかだ。それなのに、ユーディアスの子どもを身ごもることを考えるだけで、胸がきゅんと高鳴る。

彼はきっとすばらしい父親になるだろう。シンシアの父親のように子どもを愛さないなんてことにはならない。

「君は家族が欲しいんだろう、シンシア。僕が新しい家族をあげる。だから、君を愛さない家族のことなど忘れるんだ」

「ユーディアス様……」

シンシアは縋るような目をユーディアスに向けて息を呑んだ。身に着けたものを脱ぎ捨て、一糸まとわぬ姿になったユーディアスがそこにいたからだ。

――なんて、綺麗な身体。

シンシアは男性の裸など今まで見たことがなかったため、恥ずかしがるより先に興味が湧いて目が離せなくなってしまった。

綺麗に筋肉のついた身体だった。騎士たちのように筋骨隆々というわけではないものの、力強い肉体をしている。

彼が身体をそれなりに鍛えているのは知っていた。学園では騎士科の人に交じって剣を練習していたというし、その腕を買われて同級生である第二王子の護衛もしていたのだから。

――知らなかったわ。男の人ってこんな綺麗な身体をしているのね。

ユーディアスの裸体だったらいつまでも見続けていられるだろう。だが、そう思っていられたのも厚みのある胸から視線を下にさげるまでのことだった。彼の引き締まった両脚の間に、まるで別の生き物のように反り返った怒張《どちょう》が突き出ていたのだ。太くて浅黒くて血管の浮いたそれは、天を向いて先端がほんの少し濡れていた。

それが何であるか一瞬にして悟ったシンシアはかぁっと頬に血がのぼってくるのを感じた。慌てて視線を逸らす。けれど目に焼き付いた光景は、なかなか消えてくれなかった。

――あれが、男性の生殖器……。

シンシアは未婚ではあったが、貴族としての教育は受けており、そこには簡単な閨《ねや》の授業もあった。だから男性が興奮したらどうなるか、知識としては知っていたし、生殖行為をする時にあれが自分の中に入ってくることも知っていた。

けれど聞くのと実際に見るのとでは大違いだ。

彼の肉棒の大きさを思い出し、シンシアはごくりと息を呑んだ。

――無理、だわ。あんな大きいの入らない……。

怯むシンシアをよそに、ユーディアスは彼女の脚の間に身を落ち着かせると、改めて覆い被さった。

「ふっ、あ、っ、あ……ん」

ユーディアスの片手がシンシアの胸の膨らみを捉える。ゆっくりと下から掬い上げるように揉み、少しずつ顔を出してくる先端をからかうように撫でた。

「あ、ふっ、んんっ……」

こもったような声がシンシアの唇から零れ落ちる。

柔らかな肉がユーディアスの思うままに形を変えられていき、ぷっくり膨らんだ先端はすっかり尖って彼女が呼吸をするたびに揺れている。ユーディアスは誘うように揺れる先端をぱくりと口に咥えながら、もう片方の胸を揉みしだいた。

「あんっ、っ、ぅ、っ、あ」

胸に刺激を与えられながら、じんじんと疼く先端を歯で擦られ、シンシアは我慢できずに身悶えした。触れられているのは胸なのに、どういうわけか下腹部がキュンと鳴る。熱も徐々に高まってきているようで、シンシアは慣れない感覚に戸惑いを隠せなかった。

――なんだか、からだが、へん。

胸の先端は尖って息を吹きかけられるだけでじくじくと熱くなるし、お腹の奥が疼いてたまらない。両脚の付け根からも何かがじわりと染み出してきている。

いても立ってもいられず、もぞりと脚と腰を動かすと、ユーディアスが乳房から顔をあげてくすりと笑った。

「気持ちいいみたいだね。でも男女が交わる快楽はこんなものではないよ」

ユーディアスは乳房を放し、今度はその手を両脚の付け根に伸ばした。

「あっ……！　そこは……！」

潤み始めていた秘部に指を差し込むと、シンシアの身体がビクンと大きく跳ねた。指は花弁の淵を探り、次いで蜜口をくすぐるように撫でる。

「濡れてきたね。でもまだまだ足りない」

入り口の浅いところを指で掻き回され、時折探るように中にぐっと差し込まれる。第一関節までなのでそれほど深くはないが、シンシアの処女地はそれを拒むかのようにぎゅっとすぼまり、指を押し返そうとする。ユーディアスはさらに入り口を広げるように割れ目を撫でては、指を差し込んでいく。

押し込まれた指が抜き差しを繰り返し、少しずつ中を広げていく。手首を返し、膣壁を探るように擦っていた指が、ある一点を掠めたとたん、シンシアの身体がビクビクと跳ね上がった。

「あっ……ふぁっ、あああ、そこは、だめぇ！」

甘い悲鳴が喉をついて出た。足の指先がキュッと丸まり、シーツに埋まる。

どぷんと奥から蜜が染み出してくるのをシンシアは感じた。

「ここが君の弱いところだね。うんと触ってあげよう」

楽しげに呟いて、ユーディアスはたった今判明したシンシアの感じる場所を執拗に探っていく。

「あ、っ、くっ、ん」

鼻にこもったような声がひっきりなしにシンシアの口から零れ落ちた。

ちゅぷちゅぷと指を出し入れされるたびに、びくんと太腿が揺れる。

全身を紅に染め、徐々に高まっていく官能に、シンシアは恐ろしささえ感じていた。

このまま行けば、自分の何かが変えられてしまい、二度と元には戻れなくなるような、そんな恐怖だ。

「あ、だめっ、いや、怖いのっ……！」

「大丈夫。シンシア。僕がいる。何も怖くない。だから余計なことを考えないで、ただ感じていて」

唇で肌をついばみながら、両脚の間で探るように指を動かしていたユーディアスは、ふいに身を起こした。指を割れ目から引き抜くと、シンシアの蜜で濡れているそこに舌を這わせる。

「ん、甘い。君はどこもかしこも甘いね、シンシア」

シンシアは浅い息を吐きながら恥ずかしくなって顔を背けてしまった。

ユーディアスはシンシアの様子に笑いを漏らしながら、両手で細い腰を撫で、胸を揉み、肌を舌で味わい、新たに所有印を刻みつけながら、少しずつ下にずれていった。

さっきまでの強烈な感覚に比べると、弱いとも思える愛撫にシンシアは安堵の吐息を漏らす。ところがほっとしたのもつかの間のことだった。

徐々に下りてくる舌と唇がどこを目指しているのか悟ってしまったからだ。下腹部の、ちょうど子宮がある場所を執拗に探っていたユーディアスの舌は、つーと唾液の跡を残し、銅色の茂みに到達する。

「ひっ……そこは、だめぇ！」

シンシアは慌ててずり上がろうとするが、太腿をかっちり押さえつけられて、逃げることができなかった。

茂みに隠されていた敏感な花芽が晒される。剝かれて充血した花芽をちょんと舌先でつつかれて、シンシアの背中が弓なりに反る。手がシーツを掻き、グッと握り締める。

「やっ、そこ、あ、やぁ、だめ、いやぁぁ」

コリコリと歯を立てられ、扱かれて、シンシアはあっという間に軽い絶頂に押し上げられた。びくびくと身体が跳ね上がり、形のよい乳房がふるふると揺れる。

チュッと敏感な花芽にキスをして、ユーディアスの唇が次に向かったのは花芽より下にある大事な場所だった。先ほど指で探られてしとどに濡れた場所に到達したユーディアスは、そこにふっと息を吹きかけ、それから舌を伸ばして蜜口を探った。

息を切らして喘《あえ》いでいたシンシアは、大事な部分に吐息が当たるのを感じ、慌てて頭を起こす。信じられないことに、両脚の付け根にユーディアスの黒髪があった。

「だ、めっ、ユーディアス様っ、そんなとこ……あああああ！」

濡れた舌で割れ目を舐められて、シンシアの口から悲鳴にも似た声があがる。

「ひゃぁ！　あ、やぁ、だめ、だめぇ！　あああっ」

ざらざらとした舌がねっとりと蜜口を這い、蜜を拭ったかと思うと、今度は塗り込めるように蠢く。ちゅぷっと音を立てて中に入り込んだ舌先は、膣壁を嬲《なぶ》り、シンシアを追いつめていく。指で探られた時とはまた違う感覚だった。

「もっと感じて、シンシア。僕のことしか考えられなくなるまで」

「やぁああ、んぁっ、ああ、ああっ」

舌が割れ目から離れたと思ったら、今度は花芯に吸い付かれた。と同時にさっきまで肉厚な舌が潜り込んでいた場所に、ずるりと指が入り込む。濡れた蜜壷は容易にユーディアスの指を呑み込んで締めつけた。

「やぁ！　だめ！」

指は先ほど見つけた弱い部分を的確に探り当て、執拗に撫でさする。くちゅくちゅと指で探られながら、吸い付かれた花芯を唇で扱かれて、逃せない快感にシンシアは狂ったように頭を振った。

白いシーツの上で紅に染まった身体がくねり、銅色の髪が振り乱される。

蜜壺を探る指がいつの間にか増やされ、二本の指がシンシアの膣壁の粘膜を擦り上げていた。

痛みはない。奥から絶え間なく溢れてくる愛液が潤滑油《じゅんかつゆ》となって、ユーディアスの指の動きを助けていた。

「三本目の指だ。いい子だ、すんなり入ったね」

「そ、そこでしゃべらないでぇ！」

ユーディアスが声を出すたびに充血した花芯に吐息と唇が当たり、愉悦《ゆえつ》が背筋を駆け上がっていく。

下腹部にどんどん熱が集まり、今にも弾けそうになっていた。

「一度イッておいた方がいいかな」

声とともに中の指がシンシアの弱い部分を掠め、花芯に歯を立てられた。同時に与えられた強い刺激にシンシアの頭の中でパチパチと火花が散った。

目の前が真っ白に染まる。

「あっ、あああああ」

悲鳴のような嬌声を響かせながら、シンシアは身体の中で生まれた悦楽の奔流に流されていった。

「上手にイケたね、シンシア」

ユーディアスがゆっくりとシンシアの中から指を引き抜いていく。

「はぁ……はぁ、はぁ」

天井を見つめ、荒い息を吐くシンシアの目は焦点が合っていない。激しい嵐の中に放り込まれてなす術もなく蹂躙されたような気がしていた。耳の奥でドクドクと鼓動が響く。

そのため、ユーディアスの言葉がよく聞こえなかった。

「頑張ったね。もう十分解れたと思うから、君に教えてあげよう。夫婦の交わりを」

膝の裏を掬い上げられて、押し開かれる。そうなってもまだシンシアは自分の状況に気づいていなかった。

蜜をたたえた割れ目に、指よりももっと太いものが押し当てられる。それが蜜をなじませるように蜜口を擦り、そこでようやく何が始まろうとしているのか理解した。

「まっ――」

待って、と言葉を発する間もなかった。入り口に当てられた先端がぐぐぐと入り込む。

あっ、と思った時は遅かった。

「あっ……ひっ！」

今まで誰も踏み込んだことがない隘路を割り開くように、太い屹立が押し込まれていく。その直後、鋭い痛みがシンシアを襲い、全身がこわばった。

「あ、あっ、っ、ぁ、あ、あああ」

無意識に強烈な痛みから逃れようとする腰を、鋼のような男の両手がしっかりと摑んで引き寄せる。ずぶっと音を立てて入り込む屹立に、シンシアは息を切らして喘いだ。苦痛のあまり、目からは涙が溢れ落ちていく。

ユーディアスの手つきは乱暴ではなかったし、じわじわと侵入してくる肉茎も無理やり押し込められているわけでない。だが、内臓が押し潰されるような感覚と、串刺しされるような痛みはシンシアにとって責め苦でしかなかった。

「っ……くっ、ふ、くっ……ん、はぁ……」

痛みと強い異物感の中で、自分の中で何かがパンッと弾けるのを感じた。押し込まれた先端が、儚い純潔の証を破壊し、奥深くに食い込んでいく。

「ああっ、くっ、ぁは……」

「入ったよ、シンシア。全部。よく頑張ったね。これで君は僕のものだ」

ユーディアスが手を伸ばしてシンシアの子宮のあたりを撫で、上体を倒してシンシアの頬にキスを落とす。前かがみになった分だけ、さらに楔《くさび》が奥にねじこまれることになり、シンシアは増していく痛みに歯を食いしばった。

――これで私はユーディアス様のものになった。それは嬉しいけれど、痛くてどうしようもないわ。女性はみんなこんな思いをしているのかしら？

はふはふと浅い息を吐きながら、必死に痛みを逃がそうとする。ユーディアスは肉棒の感覚に慣れさせるためなのか、奥深くに自身を埋め込んだまま動かずに、シンシアの肌のあちこちに手を伸ばし、宥めるように撫でた。

胸の膨らみを摑み、先端をくすぐる。疼く粒をきゅきゅっと指で摘まれて捏ねられて、子宮の方からじんわりと蜜が溢れてきた。

愛撫されているうちに、痛みのあまり去っていた熱のようなものが徐々に戻ってくる。それを見計らったように、ゆっくりとユーディアスが律動を始めた。

なじむまで待ってくれたおかげか、痛みは先ほどに比べるとだいぶ軽減されているようだ。

ユーディアスが腰を引き、先端が抜けそうなほどまで怒張を引き抜くと、再び奥深くに埋める。そのたびに声が漏れた。

「あっ、はぁ、あ、ん、あ……」

処女を失ったばかりのシンシアのことを考えてなのか、ユーディアスの抽送はゆるやかで一定だ。シンシアの反応を確認しながら腰を進めてくる。

おかげで恐怖も異物感もだんだんと薄れ、シンシアは痛みの他に別の感覚を摑めるようになっていた。

「あっ、はぁ、ふぅ、ん、は……」

いつしかシンシアの声にはほんの少しずつ快感がまじるようになっていた。それを見計らったかのように、ユーディアスの動きが変わった。

突き入れたまま掻き回すように腰を揺らす。

「あっ、あっ、やっ、ああっ」

内壁を抉られて、奥を何度も太い先端で小突かれる。そのたびにシンシアの膣がきゅっとすぼまり、ユーディアスの肉茎を熱く締めつけた。

「っ、ああ、シンシア。君の中はこんなにも熱く締めつける」

打ち付ける力が強くなるにつれ、痛みはどんどん小さくなり、快感に取って代わろうとしていた。

「あっ、んん、あ、なんか、変に……！」

ずんずんと奥を抉られて背筋をぞくぞくとした震えが駆け上がっていく。それはまぎれもなく快感だった。

痛みと快感にたまらなくなって、シンシアはユーディアスのたくましい肩にしがみつく。

「……っつ、ユーディアス、様、ユーディアス様ぁ……」

シンシアの喘ぎ声は完全に嬌声に変わっていた。抉られるたびに媚肉が蠢き、ユーディアスの怒張に絡みついて締めつける。

「シンシア……っ」

ユーディアスは顔を歪ませると膝を掬い上げ、自分の肩にかける。シンシアの腰が浮き上がり、そのせいで二人の結合部が露わになった。

「あっ、いやっ。こんな、恥ずかしい恰好……」

真っ赤に充血したシンシアの会陰の間にユーディアスの浅黒い屹立が押し込まれていくのを見てしまい、シンシアは思わず顔を背ける。けれどユーディアスはわざといやらしい水音を立てるように腰を回し、シンシアに見るように促した。

「だめだよ、目を背けちゃ。自分が誰のものなのか心に刻むために見ておくんだ。ほら、シンシア。君の中に僕が入っているのがよく見える。君の中は熱くてとても気持ちがいい。君はきっとこんなふうにいやらしく僕の下で喘ぐだろうと思っていたけど、そのとおりだった」

「あっ、ふ、んぅっ」

ただでさえ苦しい体勢の中、奥の奥まで抉られて、二人の結合部から白く泡立った愛液がシンシアのお尻の谷間を伝わってシーツに零れる。その感触にまでぞくりと悦楽を覚えてしまうのはなぜだろうか。

ユーディアスはさらに彼女を追いつめるために、シンシアの顔の両脇に手を置いた。そのせいでさらに腰が浮き上がり、ユーディアスを見上げざるを得なくなる。ユーディアスの肩にかけられたシンシアの両脚は彼が腰を打ち付けるたびにゆらゆらと揺れた。

取らされている姿勢を恥ずかしく思いながらも、シンシアの身体は悦びを享受する。きゅっ、きゅっと媚肉が蠢き、ユーディアスの雄に絡みついて搾り取ろうとする。

すでに破瓜《はか》の痛みはなく、シンシアの膣襞は淫悦を貪るだけの器官に成り果てていた。

――いや、おかしくなるっ。

頭がぼうっとして何も考えられなくなる。考えられるのは、シンシアを揺さぶるユーディアスの身体と彼がもたらす悦楽だけ。

シンシアは縋るようにユーディアスの腕を握り締める。

「シンシア……」

結合がさらに深くなり、ユーディアスが苦しい息の中、唇を寄せてきた。シンシアは素直に唇を差し出し、舌を絡ませ合い、濃厚なキスを交わす。

――苦しい。でも気持ちいい。

上の口も下の口もユーディアスでいっぱいだ。

それが嬉しくて、シンシアの媚肉はまたユーディアスを締めつける。

ユーディアスの律動が速くなった。彼の肉茎はシンシアの中で拍動し、パンパンに膨れ上がり、今にも弾けそうになっていた。

肩から下ろされたシンシアの脚は、今度はユーディアスの腰に絡みつき、彼の屹立をさらに奥深くに引き込もうとする。一緒に揺れ動き、動きに合わせて腰を振る二人は、欲望のダンスをしているかのようだった。

シンシアは先ほど以上に、子宮の奥からものすごい熱量がこみ上げつつあるのを感じて、ユーディアスに訴えた。

「ユーディアス様、私、もうっ……！」

「ああ、いいとも、シンシア。一緒にいこう。中で出すからたっぷり僕を味わい、孕むがいい。もう二度と僕から逃げ出せないように――」

執着を露わにしたユーディアスの言葉に、シンシアの膣が歓喜に震えた。

「あっ、うれ、しい……あ、孕ませて、ユーディアス様……あ、あぁっ、あああん！」

ずんっと一際強く一番奥を穿《うが》たれて、シンシアの身体が揺れ動く。先端の太い部分で奥の感じる場所をごりごりと抉られて、シンシアは目の前がチカチカするのを感じた。

子宮からすさまじい快感が駆け上がり、一気に弾ける。

「……あ、い、ぁあ、ぁぁあああ――！」

甘い悲鳴をあげて背中を反らしながら、シンシアは絶頂に達した。中が震え、ユーディアスの怒張を引き絞るかのように締めつける。

ユーディアスはその締めつけに屈するように歯を食いしばると、シンシアの中に熱い飛沫を放った。鈴口から子宮に向かってどぷどぷと白濁が吐き出される。

シンシアは胎の奥でじわりと広がる熱に、またもや頂上に押し上げられた。

「あン、あ、はぁ、ん、あ、ぁあ……あ……」

情欲に蕩けた緑色の目を天井に向けて、か細い声で喉を震わせる。シンシアの中では、ユーディアスの吐精が続いていた。

寝室には二人の荒い息遣いだけが響いている。

やがてユーディアスはすべてを出し切ったが、シンシアの中に自分を埋めたまま身を起こした。

手を伸ばしてシンシアの汗ばむ頬に触れる。

「シンシア。とてもよかったよ」

目を細めて笑うユーディアスをぼんやり見つめながらシンシアはほっとした。

これで彼の怒りは収まっただろうか。償いはできただろうか。

乾いた唇を湿らせて、シンシアは掠れた声で尋ねた。

「ユーディアス様……。これで……罰は、終わり？」

「まさか、これで終わるわけがないよ、シンシア」

ユーディアスはにっこり笑うと、彼女の腰を摑み、楔を埋めたまま彼女をひっくり返した。一度放っても硬度を失わなかったユーディアスの屹立がみるみるうちに力を取り戻し

ていく。

うつぶせになったシンシアの腰を高く持ち上げながらユーディアスは淫靡《いんび》に笑った。

「最初は優しくした。でも、もう手加減する必要はないよね？　君は処女でも中でイけるほど、淫らな身体をしているようだ。この体位もきっと君は気に入るよ。獣みたいに愛し合おう、シンシア」

「なっ……」

絶句したシンシアの後ろから、ユーディアスが強く腰を押しつけた。

「あっ、あああああ！」

ずんずんと最初から手加減なしで穿たれて、シンシアは悲鳴をあげた。たまらずシーツを握り締める。けれどその悲鳴はどこか甘さを含んでいた。

「やっ、こんなのっ……」

「嫌じゃないだろう？　シンシアのここは悦んでいるよ」

高く上がったままの双丘に向けて、ユーディアスは激しく腰を打ち込む。

「や、深、い……」

シンシアは獣のような激しい交わりに怯えた。先ほどまで、どれほどユーディアスが手加減していたのか、その違いは明らかだった。

「早く子どもが欲しいだろう、シンシア。君の欲しかった家族を作るんだ。これから毎日のように君を抱くよ。君はきっと僕との交わりに溺れて、逃げたくなくなるよ」

「やっ、ユーディアス様っ、やめっ」

「ほら、もう君の身体はこんなにも悦んでいる。認めるんだ」

まだ濡れたままのシンシアの膣は、やすやすとユーディアスの激しい責めを受け止めていた。

パンパンと肉がぶつかる音が寝室に響き渡る。

「あっ、ああっ、あああ」

――気持ちいい。

淫悦に溺れながら、シンシアは認めざるを得なかった。

――私という女はなんて淫らなのかしら。

罰だというのにもう溺れている。もっと欲しくなっている。

「ユーディアス様、もっと、もっと……」

涙を流しながらシンシアは本能に従って懇願した。

「いいよ、可愛いシンシア。いくらでもあげる。だから二度と僕から離れてはいけないよ」

「ユーディアス、様……」

快感に溺れながらも、シンシアはこう思っていた。

――私はユーディアス様にふさわしくない。ユーディアス様より家族を選んでしまった私は、彼の妻には値しない人間だわ。

――だから、私は彼を「私という枷」から解放しなければ……どれほど辛くても。

シンシアの目から快楽とは理由の異なる涙が零れて、シーツに吸われていった。

第4章　襲撃

「お似合いですわ、シンシア様」

　ドレスの着付けを手伝ってくれた侍女がにっこり笑う。ミーシャではない、セルディィエ侯爵家に雇われている侍女だ。

　ミーシャはこの屋敷の中にはいるが、会わせてもらえない状況が続いている。

『彼女は君が逃げ出さないための人質みたいなものだよ。大丈夫、無事だ。怪我もしてないし、元気にしている』

　ここは王都から遠く離れたセルディィエ侯爵領だ。逃げたところで行く当てもないのに、いくら頼んでもミーシャには会わせてもらえなかった。

　ユーディアスはシンシアを信用していないのだ。彼の話を聞こうとせず、父親たちの言葉を信じて逃げてしまったから。

——自業自得ね。いくら私が口で「逃げない」と言っても信じてもらえるわけがないわ。彼の信頼を取り戻すのは容易ではないだろう。

悲しく思いながら、シンシアは手伝ってくれた侍女に微笑み返す。

「手伝ってくれてありがとう。サイズもちょうどいいわ」

ちょうどいいと言うより、まるでシンシアのために誂えたようにぴったりだ。

シュミーズドレスなので夜会用のドレスに比べれば余裕のある作りになっているものの、肩幅から胸、ウエストまでサイズが合っている。

シンシアは腰も手足もほっそりしている割には胸の膨らみがしっかりあるタイプだ。豊満とまではいかないが、既製品《レディ・メイド》のドレスは肩幅やウエストに合わせると胸がキツくて入らなくなる。そのため、保養地でサイズの合う服を手に入れるのがとても大変だったのだ。

ところがセルディエ侯爵領に来てから侍女が用意してくれる服は、ドレスに限らずどれもシンシアにぴったりのサイズだった。

——このドレスを着るような令嬢がこの屋敷にいたということ？ ……その方はユーディアス様とはどんな関係なのかしら？

気になったシンシアは、ピンク色のドレスの胸もとに触れながら侍女に尋ねた。

「あの、このドレスはエヴァ様……前の侯爵夫人のドレスではないわよね。私とエヴァ様ではサイズが違うもの。どなたの服を貸していただいているのかしら？」

「まぁ、シンシア様ったら」

侍女はコロコロと笑った。

「このドレスはどれもシンシア様のために若様……じゃなくて、旦那様が新しく誂えたものですわ。まだまだ何着もありますよ」

「わ、私のドレス？　新しく誂えたって……」

シンシアは唖然とした。

嬉しいが、途方もない金額がかかったはずだ。それに日数も。

そこまで考えて、シンシアは眉を寄せる。

ドレスは簡単に作れるものではない。金額もかかるし、完成まで相当時間もかかるのだ。

夜会で再会してから作らせたのでは間に合うはずがない。

──もっと前から作らせていたということ？　私をここに連れてくることは急に決めたわけじゃなくて、あらかじめ計画していたってことなのかしら？

ところが次に侍女が言った言葉は、シンシアが予想だにしなかったことだった。

「今年だけではないのです。去年も、その前の年も当時のシンシア様に合わせたドレスを用意なさっていました」

「去年も……一昨年も？」

「はい。そうです」

目を見開くシンシアに、侍女は優しく微笑んだ。彼女は歳はまだ若いが、小さい頃から家政婦長をしている母親についてこの屋敷に出入りしていたので、当主一家の事情にも詳しかった。

「シンシア様は社交界デビューをすませたら、旦那様と結婚式を挙げる予定でしたでしょう？」

「え、ええ。ユーディアス様はそのつもりで父と話し合う予定だったわ」

だが具体的なことはまだ何も決まっていなかった。父親が「社交界デビューをしてからでも遅くない」と言ってのらりくらりと話し合いを延ばしていたからだ。

理由は不明だが、今思えば、あの時点で父親はシンシアとユーディアスの婚約を壊すつもりだったのだろう。

「旦那様は式を挙げたらシンシア様としばらくの間のんびり領地で過ごすおつもりでした。それで、こちらの地方で織られた生地でドレスを作らせたんですよ。結局は延期になってしまいましたけど、旦那様は問題が解決すればすぐに式を挙げるつもりでしたから、毎年シンシア様のドレスを作らせて用意していたのです」

「ユーディアス、様が……これを毎年……」

シンシアの目に涙が溢れ、頬を伝わって零れ落ちた。

「ようやく着てもらえることになって、ドレスも喜んでおりますわ」

侍女はそう言いながらシンシアの頬をハンカチで優しく拭う。

——ああ、ユーディアス様……！　こんなにも大切にしてくださっていたのに、私は……！


シンシアはしばらくの間、涙を流し続けた。

嬉しくて、悲しくて、そして己を恥じながら。

ようやく涙が引っ込むと、シンシアは侍女にユーディアスの居場所を尋ねた。ユーディアスは日中でもふらりと寝室に現れてはシンシアを抱くが、それ以外の時間はだいたい書斎で仕事をしているのだという。

「仕事ならお邪魔しては悪いかしら……」

呟くと侍女は笑いながら首を横に振った。

「いえ、旦那様はシンシア様がいらしたら絶対に喜ばれますよ。ご案内しましょうか」

「ありがとう。頼むわ」

侍女はきっと、シンシアがドレスを毎年用意していたことに感激してユーディアスに会いに行こうとしているのだと思っているだろう。

もちろん、感激はしているが、シンシアがユーディアスに会いたい理由は違う。

婚約解消を申し出るためだ。

毎年結婚するかどうかわからないシンシアのためにユーディアスがドレスを用意してい

たという話は、彼女を打ちのめし、自分の至らなさを思い知らせるには十分なものだった。

――私はユーディアス様にふさわしくない……。

改めてシンシアは強くそう感じた。

ユーディアスは自分なんかよりもっとふさわしい人と結婚するべきだ。彼を愛し、どんな状況でも彼を信じることができるすばらしい女性と。

――ユーディアス様を愛している。誰よりも何よりも愛している。ユーディアス様は私のすべてだわ。……だからこそ私は、彼を私という重荷から解放してあげなければ。


「やぁ、シンシア。どうかしたのかい？」

侍女の言うとおり、ユーディアスは快く仕事を中断してシンシアを迎えてくれた。椅子に座ったまま、シンシアの姿を見て嬉しそうに目を細める彼の姿に、声が詰まる。

「あの、ユーディアス様、その……ドレスをありがとうございました」

別れを決意したものの、なかなかそれを口にできず、当たりさわりのない言葉ばかりが出てくる。

「ああ、そのことか。とてもよく似合っているよ。うん、素敵だ。その色にして正解だったな」

「あ、ありがとうございます。さ、サイズもぴったりで」

頭のてっぺんからつま先まで見つめられて、頬が赤く染まった。シンシアを見つめるはしばみ色の瞳に熱がこもったのがわかったからだ。

今ではその視線にこめられた意味がわかる。欲望だ。彼は欲情しかけているのだ。それに呼応するようにシンシアの身体の芯に火が灯った。

ここへ連れてこられて十日あまり、毎日のように閨をともにし、昼夜問わず彼の欲望を受け入れ続けているせいで、シンシアの身体はすっかり快楽に慣らされてしまっていた。ユーディアスの視線一つで官能に火がつき、身体は彼を迎えるための準備を始めてしまう。今も両脚の付け根にじわりと蜜が零れ、ドレスの下では胸の先端が硬くなって生地を押し上げ始めていた。

――いいえ、そんな場合じゃないわ。

深呼吸をして、くすぶる欲望の焔を無理やり押さえつけると、シンシアは口を開いた。

「……ユーディアス様、お話があります」

「うん、なんだい？」

促す言葉さえ甘く聞こえて、ぐっと奥歯を噛みしめる。覚悟を決めたとはいえ、辛くてたまらなかった。いつだってシンシアを大切にしてくれたユーディアスの手を、今度こそ本当に自ら手放さなければならないのだから。

――でもそれがユーディアス様のためなんだわ。

シンシアは息を吸い込み、言葉を吐き出す。

「……ユーディアス様。私との婚約を解消してください」

掠れてしまうかと思ったが、考えていたよりもはっきりした声が出た。

「…………」

ユーディアスの反応を恐る恐る窺う。彼はじっとシンシアを見返していた。何を考えているのか、その表情からは窺い知ることはできない。

追い立てられるようにシンシアはさらに言葉を紡ぐ。

「わ、私はユーディアス様にふさわしくありません。あんなに大切にされていたのに、ユーディアス様を信じ切れずにお父様たちの嘘を鵜《う》呑《の》みにしてしまった。信頼を裏切ってしまった。とてもユーディアス様の花嫁になる資格はありません。ユーディアス様には……私なんかより他にもっとふさわしい方がおられます」

夜会でユーディアスがエスコートをしたと噂されていた令嬢や、何度も彼とダンスをしたというラインダースの王女。レニエが保養地にまでわざわざ送りつけてきた新聞の切り抜きに書かれていた様々な女性たち。

どの女性もシンシアより美しく、彼に見合う身分の持ち主だ。ああいう女性の方がユーディアスにはふさわしいのだ。

そう思いながらも、シンシアは辛くてたまらなかった。幼い頃からユーディアスの隣に並ぶことを夢見ていたのに、自らそれを放棄しなければならないなんて。

──しっかりするのよ、シンシア。これも自業自得なのだから。

「……婚約証明書があったとしても、双方の合意があれば無効にできるはずです。私は……これ以上ユーディアス様の枷になりたくないのです」

「…………」

長い長い沈黙があった。

だがしばらくして、ユーディアスはようやく口を開く。

「……それで？　僕との婚約を解消して君はどうするの？　オルカーニ伯爵と結婚するつもり？」

予想していたよりも静かな口調だった。てっきり夜会で再会した時のように怒るかと思ったら、違っていた。

「いいえ。修道院に行こうと思っています。修道院に入ればオルカーニ伯爵ももう追ってはこないでしょう」

修道院に行くことは前から考えていたことだった。アガサのもとに預けられている間、これから先は自分に結婚話など来ることはないし、このまま家族に存在を無視され続けるのだと思っていた。家から迎えがくるとは夢にも思っていなかった。だから、ずっとアガサのもとへ留まり、彼女の世話をして、看取った後は修道院に行こうと考えていたのだ。

「ハハハハ、甘いね、君は」

いきなりユーディアスは笑い出した。彼は笑いながら椅子から立ち上がると、大きな机をぐるりと回ってシンシアの横に立つ。

「ユーディアス様？」

「ならず者たちを使って君を拉致しようとしたオルカーニ伯爵が、修道院に入ったくらいで諦めるとどうして思うのかな」

ユーディアスは腕を伸ばし、シンシアの髪をひと房掬い上げると、そこにキスを落とした。シンシアはその行為に特に警戒をせず、されるがままになっていた。

彼はシンシアの髪の毛を気に入っているらしく、昔からその動作をよく繰り返していたからだ。シンシアがまだ小さかった時も、大人になりかけていた十六歳の時もよくやっていた。

……だから気づかなかったのだ。一見、冷静に振る舞っている彼が内心は怒り狂っていることを。

ようやく気づいた時にはもう逃げることができなくなっていた。

「本当に君は甘い。たとえ君自身の願いでも――どうして僕が君を手放すと思うのかな？」

「ユーディアス、様？」

ぞくりと背筋に震えが走る。この時になってようやくシンシアは彼の目にギラギラした光が瞬いていることに気づいた。欲望と怒りがないまぜになった光だ。

「あんなにも、君は僕のものだと教えこんだのに、まだわかっていなかったんだね？」

ユーディアスは片手でシンシアの腕を摑み、もう片方の手で自分の首にかけたアスコットタイを解きながら、嫣然と笑った。

「もう一度、君に言い聞かせなければならないね。君が誰のものかということを、骨の髄まで理解できるように」

解いたアスコットタイを片手に、シンシアに覆い被さってくるユーディアスを、シンシアは呆然としたまま見つめていた。

ピンク色のドレスと下着が書斎の床に乱雑に脱ぎ捨てられている。

一糸まとわぬ姿にされたシンシアは、大きな机の上に引き上げられ、羞恥と不安に震えていた。どれほど今の自分が無防備で淫らな姿を晒しているのかわかっているからだ。

シンシアはアスコットタイで両手首を前で括られ、ユーディアスがどこからか取り出してきた予備のネクタイで目隠しをされていた。その状態で書斎の机にのせられ、ユーディアスに向けて両脚を開かされている。

閉じたくても膝を押さえつけられ、どうすることもできないまま、ぱっくりと開いた秘部を晒していた。

「こ、こんな、姿っ、いや……っ」

両手は自由にならず、目隠しのせいで何も見えなかった。そのせいか、いつもより感覚が鋭くなり、むき出しになった身体に向けられているであろう視線のことを想像するだけで、ちりちりと肌が焼かれるように疼いた。

じわりと蜜が染み出してきて、花弁を濡らす。

「触ってもいないのに、もう濡れているの？　淫乱だなぁ」

くすりと頭上で笑い声がした。シンシアの肌が羞恥で上気する。

確かにユーディアスは膝を押さえているだけで、シンシアの胸や秘所には一度も触れていない。ドレスや下着を脱がす時も、彼はその部分には慎重に触らないようにしていた。

それなのに、シンシアの蜜壺は奥から蜜を溢れさせている。

「こ、これは……その……」

脱がされる前から、ユーディアスの姿を見ただけで濡らしていたなどと知られたくなくて、シンシアは言い訳めいたことを口にしようとした。

けれど、そんなことはユーディアスはとっくにお見通しだったようだ。笑いを含んだ声がシンシアの耳を打つ。

「だったらどうして濡れているのかな？　ん？　それともこれは今朝僕が放った子種が漏れているとでも？　しっかり掻きだして拭っておいたはずなのに」

「そ、それは……」

今朝、ユーディアスに揺さぶられ、その甘い振動で目を覚ましたことを思い出し、シンシアの身体が大きく震えた。割れ目からこぷりと蜜が染み出し、机に滴り落ちる。

「ああ、また溢れてきた。これはお仕置きのはずなのに、こんなに悦んでいたらお仕置きにならないね」

「ち、ちが……」

「違わないだろう。君の身体は明らかに悦んでいる。目隠しされ、手を拘束されているのに。ほら、ここだって何もしないうちから尖ってる」

いきなり左胸の先端を摘ままれて、シンシアは息を呑んだ。目隠しをされているせいで、次に何をされるのかまったくわからない。突然与えられた快感に、身体がビクンと跳ね上がった。

「あっ、くっ……」

尖りきって膨らんだ先端をユーディアスの指が執拗に捏ねる。嬲られている箇所から下腹部に向けて、痛みにも似た疼きが何度も押し寄せていった。

「んっ、く、ぁ、は、ん……」

ユーディアスはもう片方の胸にも同じように刺激を与え、薄紅色のシンシアの唇からこらえきれないといったふうに喘ぎ声が零れるのを笑って見守っている。

「や、やめ……」

「やめろと？　でもここはやめて欲しいとは言っていないようだけど？」

「あっ、ああっ！」

弄られていた胸の先端を、いきなりピンッと勢いよく指ではじかれ、嬌声がシンシアの喉をつく。机の上でつま先がきゅっと丸まった。

じんじんと熱いくらいに疼く胸の先に突然与えられた刺激は、シンシアをさらに追いつめていく。

「あっ、ん、ン、や、は、だめ……」

――おかしい。いつもより、なぜこんなに感じてしまうの？

気をしっかり保っていないと、すぐにもイってしまいそうになる。いつもなら、胸を弄られたくらいでここまで追いつめられることはないのに。

遮られた視界の中、何をされるかわからないという不安と、拘束によって快感を逃すことができないせいで、いつもよりはるかに自分の身体が敏感になっていることにシンシアは気づいていなかった。

加えてこの十日あまり、毎日のように抱かれ続け、淫悦を植えつけられてしまったせいで、ユーディアスに何をされても快感として拾うようになってしまっている。目が見えない不安も、手の不自由さも、もはや彼女にとっては官能を高めるものでしかなかった。

ただ、心だけがついていけていないのだ。だから怯えてしまう。

ユーディアスはシンシアの耳にそっと唇を寄せ、小さな耳朶《じだ》に舌を這わせながら囁いた。

「これで修道女になるつもりなのかい？　シンシア。こんなに男を求める浅ましい身体で？」

「そんな……ことは……」

酷いことを言われている。それがわかっているのに、なぜか下腹部の熱がどんどん高まっていくのを感じた。

「君はもう無垢な令嬢じゃない。僕の子種を毎晩子宮で受け止めて、それを悦びと感じる身体になっている。僕に触れられれば身体はすぐに屈服する。君ももうわかっているはずだ。君は僕のものだって。なのにどうして僕から離れていこうとするの？」

「それ、は……ユーディアス様の、ためを、思って……」

「君を失うことのどこが僕のためなのか聞きたいね」

苛立たしげに呟くと、ユーディアスはシンシアの胸を弄っていた手をいきなり下に伸ばし、敏感な花芯を親指でむき出しにすると、強く擦り上げた。

「あっ、ん、ぁあああ！」

いきなり強い快感が背筋を駆け上がり、シンシアは嬌声を響かせながら背中を反らす。軽く絶頂に達したようで身体の震えが止まらない。

「や、まって、いや、まっ……！」

「待たない。……まったく、これほど簡単にイク身体で修道女なんてやっていけるはずがないのに。僕に抱かれて何度も絶頂に導かれましたって神に懺悔するつもりなのかな？」

彼女を言葉でいたぶりながらユーディアスの指は止まらない。真っ赤に充血し、むき出しになった花芯を擦り、摘まみ上げてシンシアを悶《もだ》えさせる。

「んんっ、あ、は、ん、んんっ、っぁあ！」

シンシアの身体が何度も跳ねた。胎の奥から滴り落ちた蜜が机の上に水たまりを作る。

「シンシア。婚約を解消するというさっきの発言を取り消すんだ。そうしたら、ネクタイを解いていつものように優しく、蕩けるように抱いてあげる」

「っ、ふぁ、っん」

シンシアは喘ぎ声を殺すように唇を噛みしめながら、首を横に振った。ユーディアスを自分から解放しなければならない。それはいくら悦楽に流されようと変わらない願いだ。

「強情だね。でも……どこまで我慢できるかな」

愉悦を含んだ声が聞こえ、その直後、蜜口にぐっと指が差し込まれた。しとどに濡れた蜜壺は容易にユーディアスの指を受け入れていく。

「あっ……！」

一瞬息を詰めて、それからシンシアは無意識に彼の指を締めつけながら息を吐く。いつも以上に存在感のある指がゆっくりと抜き差しを始め、シンシアの襞肉が嬉しそうに絡みついていく。

「中がすごく熱くてとろとろしている。でもやっぱりいつもより、キツイね。絡みついて放してくれないもの」

笑いまじりに言われて羞恥が募る。けれどいつも以上に興奮している身体は快楽に従順で、ますますユーディアスの指を熱く締めつけるのだった。

「あっ、はぁ、ん、んんっ」

指が二本に増やされ、じゅぷじゅぷと音を響かせながら出し入れする。耳を打つ淫らな水音に、ますます追い上げられていった。

「やっ、んんっ、は、ぁ、っ、ん、そこ、はっ」

中で折り曲げられた指が膣壁を擦り上げる。上側の感じる部分を引っかけるようにして指で撫でられ、シンシアは腰を跳ね上げさせた。

奥から蜜がどっと溢れて零れていくのがわかった。

「んんっ、や、ああっ」

いつの間にか三本に増えた指が入り口を押し広げるように、出入りを繰り返す。じゅぷじゅぷとわざと音を立てるように抜き差しされ、白く泡立った愛液が下肢を濡らす。

「ああ、机がびしょびしょだ。ここを掃除する女中はいったいどう思うだろうね？」

「や、はっ、んんっ」

言葉で嬲られるたびに隘路は収縮を繰り返し、媚肉が指を締めつけた。一時休んでいた花芯への愛撫も再開され、シンシアは同時に与えられる愉悦に一気に昇り詰めていった。

——イクっ、イっちゃう……！

目の前がチカチカと瞬き、内側から何かがはじけ飛んだ。

「あ、あああああっ！」

シンシアは背中を反らし、華奢な白い脚を引きつらせながら絶頂に達した。

机の上で白い裸体がぶるぶると痙攣《けいれん》し、シンシアの薄紅色の唇からは何度も荒い息が吐き出される。

「あっ、んん、あ、はぁ……はぁ……んっ」

絶頂の余韻に震えるシンシアの蜜壺から指が引き出される。ぽっかりと開いた蜜口が、何かを求めるようにヒクついていた。

未だ興奮の冷めないシンシアに、ユーディアスが声をかける。

「シンシア、これが欲しいかい？」

ヒクつくシンシアの蜜口に、指ではない太い塊が押し当てられる。見えなくともそれが

何であるかすぐにわかり、シンシアは頷いた。

下腹部が疼いて仕方ない。熱い屹立に胎内が満たされる感触を思い出し、シンシアの喉がこくりと鳴った。

「欲しい……です……」

「だったらさっきの言葉を取り消しなさい。そうすれば、今すぐ君の欲しいものをあげる」

「っ……」

欲情に染まったシンシアの身体はユーディアスに屈服するよう訴える。ぬちゃぬちゃと蜜口に擦りつけられている肉槍はシンシアに淫悦を約束し、流されてしまえと唆《そそのか》す。けれど、快楽に染まりきった頭の中で、ほんの少し残された冷静な部分が屈することを阻んでいた。

——欲しい。ユーディアス様が欲しい。でもだめ、だめなの……。

はぁ、と大きなため息が頭上から降り注いだ。

「それならば仕方ない。お仕置き続行だね」

「きゃあ！」

不意に身体を持ち上げられて、机の上からどこかへ運ばれる。

ベッドに行くのかと思いきや、ユーディアスはすぐに立ち止まり、シンシアは床に下ろされた。むき出しの足が床につく。

絶頂の余韻で足に力が入らずよろけたシンシアは、とっさに身体を支えるためにネクタイで括られた両手を前にのばした。

手に触れたのは冷たくて硬質な感触の何か、だった。

「それが何だかわかるかい？」

背後からシンシアに近づき、腰を摑んで支えながらユーディアスは尋ねた。

――これが何か……？

シンシアは怪訝に思いながらも不自由な手で目の前にある冷たい何かを探った。

「……ガラス？」

間違いない。平面で硬くてひんやりしている。これはガラスだ。

「正解。君は今、ガラス戸の前に立っているんだ。テラスに続くね」

「テラスに、続く、戸……？」

ユーディアスの書斎には採光を兼ねた大きなガラス戸があり、そのままテラスに出られるようになっているのだ。

「待って、テラスに続く戸って……もしかして……！」

テラスに接している面は、そのまま出られるように段差のない掃き出しの戸になっているのだ。上から床下まで一面ガラス戸になっている。前に立てば外から丸見えだ。そしてテラスの外は美しい庭になっていて、庭師たちがいつも手入れをしているのだ。

「やっ、放して、ユーディアス様。外から、見られてっ……」

抜け出そうとしたシンシアの腰をがっしり摑んで固定しながら、ユーディアスが楽しそうに囁いた。

「だめだめ。庭師の連中に見せてやろうよ。君のいやらしい姿を」

「だめっ、いや！」

臀部と背中に触れる布地の感触から、ユーディアスは服を着用したままであるのがわかる。トラウザーズの前だけくつろがせているのだ。つまり、外の庭師たちから見れば、はしたない姿を晒しているのはシンシアだけだということになる。

背後に立ったユーディアスがシンシアの脚を広げさせ、柔らかな双丘を割り開いた。彼の意図は明らかだった。

──まさか、ここで？　外から丸見えのこの場所で私を抱くつもりなの？　外に庭師たちがいるのに？

「いくら遠目とはいえ、彼らには僕たちが何をしているかわかってしまうだろうね」

「お願い、だめっ、やめ──あああああ！」

最後まで言う前に、ユーディアスの怒張が後ろから一気に突き入れられた。

「ああああっ、ああっ」

指で散々弄られて蕩けていた蜜壺は、いとも簡単にユーディアスの屹立を呑み込んでいく。隘路を太い肉茎が擦りあげていく衝撃に、シンシアは括られた手をガラスに押し当て、喉を震わせた。

「あ、ぁあああ――――！」

ユーディアスは中の具合を確かめるように軽く突き上げる。彼の形にすっかり慣らされた膣壁は待っていたかのように彼を迎え入れて、熱く締めつけた。

「ああ、いつもより締めつけて……キツイくらいだ。そんなに人に見られることが気に入ったのかな？」

甘い衝撃に耐えていたシンシアは一瞬だけ、今自分がどういう状況にあるかを忘れていた。それがユーディアスの言葉でまざまざと思い出される。

「っ、ま、まって、こ、ここでは、いやぁ」

だがユーディアスが止まることはない。ゆっくりと腰を引き、屹立が抜けそうになる直前で、再び抉るように突き入れる。

深く入り込んだ先端が奥を穿ち、震えるような快感がシンシアの全身を駆け上がっていく。

「あ……、あ、はぁ、ん、んんっ」

背筋を這う強い快感に足の力が抜けそうになる。けれど、がっちりと腰を掴む手と、後ろから突き上げるユーディアスの屹立がかろうじて彼女を支えていた。

シンシアがガラス戸に手をついているせいで、ユーディアスに突き上げられるたびにガタガタと揺れる。その音とまるで競うかのように、シンシアの唇からひっきりなしに声があがった。

「んぅ……！　ぁっ!?　あ、やっ、深い……」

ずんっと奥を抉られて、そのままぐりぐりと奥深いところを小突かれる。

立ったまま後ろから突き入れられるという不安定な姿勢のせいで、いつもより深いところに亀頭が当たるらしく、奥を抉られるたびに、子宮から膣道を通って強い法悦が全身を駆け巡った。

「あっ、はぁ……っあ、んっ、んン」

抑えようと思うのに、どうしても声が漏れてしまう。庭にいる人たちに聞かれるとわかっているのに止められない。

――おかしくなる。……ううん、もうおかしくなっている。人に見られているかもしれないのに、ゾクゾクが止まらない。

自分の痴態を庭師たちに見られているかと思うと、下腹部がきゅんと熱く疼き、媚肉が蠢いてユーディアスの怒張を熱く締めつけた。

「くっ……。シンシア、今の君がどれほどイヤらしい姿を晒しているか、わかってるかい？」

　ユーディアスの目がガラスに映ったシンシアの姿を捉える。清楚な普段の外見からは想像できないほど、今のシンシアは淫らな姿を晒していた。

　ひっきりなしに喘ぎ声をあげ、口の端から飲み下しきれなかった唾液が零れ落ちている。彼の律動に合わせて形のいい乳房はふるふると扇情的に揺れ、ユーディアスの目を楽しませた。

「ただ一つ残念なことは、目隠しのせいで快楽に蕩けたシンシアの緑色の瞳が見えないことだな」

　そんな勝手なことを言いながらユーディアスは律動を速めていく。

「あっ……、はぁ、んんっ、んンっ、んぁ……！」

　抽挿が繰り返されるたびに、結合部分から蜜が大量に掻きだされ、両脚を伝って床に流れていく。その感触すら今のシンシアにとっては快感でしかない。

　限界まで突き入れられた楔がぐぷぐぷと音を立てて蜜を掻きだしながら、引き抜かれ、再び奥を抉る。そのたびに、臀部がユーディアスのトラウザーズの布地と擦れ合い、新たな刺激としてシンシアに刻みこまれていく。

「ユ、ユーディアス様、私、もうっ……」

　子宮から強烈な愉悦がせり上がってきていた。すでに何度か絶頂に達しているため、堪えることができないのだ。

一方、ユーディアスも、絡みつきながらいつもより激しく収縮を繰り返すシンシアの媚肉に限界が近づいてきていた。

シンシアの細い腰を両手で摑みながら、ユーディアスはすばやく強く突き入れていく。みっちりと膣道を埋め尽くす怒張は今にもはじけそうだ。

「くっ、あ、はぁ、シンシア。中で出すよ。受け止めて」

「あ、ああっ、ん、あ、や、イク……！」

ユーディアスの言葉に、シンシアの膣が吐精の瞬間を待ち望むかのように一際強く収縮した。絡みつく媚肉を引きずりながら、屹立が深いところを抉ったと同時に、繋がっている部分から震えるような快感が膨れ上がって、一気にはじけた。

「あ、あああああ――！」

嬌声を響かせてシンシアは絶頂に達する。同時に、熱い締めつけに耐えられなくなったユーディアスの怒張が、激しく痙攣するシンシアの胎内の奥で爆ぜた。

「くっ、ぁ、くっ」

「んっ、あぁ、ぁあああ」

ドピュドピュと熱い白濁が吐き出され、シンシアの子宮を焼く。歓喜に震えながら、シンシアは奥で広がっていく熱を受け止めた。

もう何も考えられなかった。外にいるであろう庭師たちのことも、見られていることに対する恥ずかしさも。

「ぁ、あ……はぁ、ん、ふぁ……あ、んんっ」

わななく唇から、何度も荒い息を吐きながら、シンシアは絶頂の余韻に浸った。

ユーディアスはその機会を逃さなかった。腰を摑んでいた片方の手を前に滑らせ、繋がったままの場所からほんの少し上にある欲望の芽に指を這わす。

「んっ、あっ、や、そこ、は……」

ビクンとシンシアの腰が跳ねた。くねる腰を押さえ、指で花芯を弄りながら、ユーディアスはシンシアの耳元で囁く。

「シンシア。これでわかっただろう？　君のこの淫らな身体を満足させられるのは僕だけだ。君は僕がいなければ生きていけないんだよ。だから……婚約を解消したいという発言は撤回するね？」

シンシアに抵抗する力は残っていなかった。身体は屈服させられ、心はとうに彼のものだ。

――流されてしまえばいい。頷けば元のとおりだ。ユーディアス様の幸せではなく、自分の幸せだけ追い求めてしまえばいい。……それをユーディアス様自身が望んでいるのであれば。

「ん、ぁ……は、い……撤回、します」

気づいたらそう答えていた。

「君は僕の婚約者で、近いうちに結婚する。いいね？」

念を押されるように言われて、シンシアはこくんと頷いた。

「いい子だ。では、約束どおり目隠しと拘束を解いてあげるよ」

しゅるっと音がして、シンシアの両手を括っていたネクタイが解かれ、続いて目の覆いも取り除かれる。

シンシアは眩《まぶ》しさにぎゅっと目をつぶり、少しずつ光に慣らしながら薄目を開けた。

目の前にはユーディアスの言うようにガラス戸があった。けれど、テラス越しに見える前庭に人の姿はなかった。

——え？

くすっとユーディアスが笑う。彼はシンシアのむき出しになった肩に舌を這わせながら楽しそうに暴露した。

「この時間、庭師は前庭には出てこないんだ。僕が君の裸体をよその男に見せるわけないだろう？」

「なっ……」

あまりのことにシンシアは絶句する。

「でも、人に見られていると思い込んだ君はいつもより興奮していたよね。嬉しい誤算だな。君の痴態を思い出すだけで僕も興奮する」

その言葉どおり、シンシアの中に埋め込まれたままのユーディアスの楔がどんどん硬さを取り戻していく。

「やっ、ま、まって……！」

再び始まった律動に、シンシアはうろたえた。

「一度で終わるわけがないだろう？　いきなり婚約を解消したいと言われたことに僕はまだ怒っているんだ。お仕置きはこれからだよ」

「あっ、あああ！」

蜜壺を犯されながら、敏感な花芯を弄られ、シンシアはあっという間に悦楽の淵に落とされた。

「んぁ、あ、ああっ」

「いくらでも声をあげて構わないから」

ずんずんと打ち付けられ、シンシアはたまらずガラス戸に手をつく。目の前のガラスには男の欲望のリズムに合わせて腰と乳房を揺らしている浅ましくも淫らな女が映っていた。

見ていられなくて、目を閉じる。すると目隠しをされていた時のように感覚が鋭くなり、シンシアはすぐに何もかも忘れて快楽に溺れていった。

「っぁ、ぁあ！　んぁ、あ、は……んんっ」

シンシアの嬌声が書斎に響き渡る。

その声はしばらくの間やむことはなかった。

＊＊＊

シンシアは完全にユーディアスの腕の中に囚われた。けれど、流されることを受け入れてしまえば溺れるのは早かった。

「んっ……ふ、ぁ……あ……」

舌を絡ませ合い、溢れてきた唾液を交換する。濃厚なキスにシンシアは頭の芯が痺れるのを感じた。

「はぁ……離れたくないな。仕事なんて放置して君とこのままずっとベッドにいたいよ」

顔をあげてユーディアスがぼやく。

「もう、ユーディアス様ったら。離れると言っても書斎でお仕事をするだけなのに」

くすくす笑って、シンシアは彼の顎にチュッとキスをした。

「お仕事頑張って、ユーディアス様。私、部屋でいい子にして待っているから」

「すぐに終わらせて戻ってくるよ」

二人のやり取りを、ミーシャともう一人の侍女であるフローラが呆れたように見守っている。このパターンがここ最近の日常になりつつあった。

フローラはシンシアにユーディアスが毎年作っていたドレスのことを教えてくれた侍女だ。ミーシャがシンシア専属の侍女に戻っても、変わらず世話をしてくれている。

ユーディアスはようやくシンシアが自分のもとから逃げないと確信したのか、書斎で「お仕置き」された次の日、ミーシャと会うことを許してくれた。

二人は再会を喜び、会えなかった十日あまりのことを報告し合った。もっとも、シンシアは大部分の時間をユーディアスによってベッドに拘束されていたわけだが。

ミーシャはシンシアに会えなかった間、別の仕事を言いつけられていたらしい。

『連絡係のようなものですね。あちこち行かされました。私がやらなくてもいい仕事だったんですが……。フローラさんが言うには、お嬢様がユーディアス様に頼りきりになるまで、私と会わせたくなかったらしいです。ユーディアス様って思っていた以上に嫉妬深い方なんですねぇ』

しみじみとした口調でミーシャは言っていた。

――確かに……少し嫉妬深いかもしれない。でも、私はそういうところを含めてユーディアス様が好き。

セルディィエ侯爵領に来て、シンシアは今まで知らなかったユーディアスの様々な面を見ることができた。

シンシアにとって、かつてのユーディアスは常に優しくて、守り慈しんでくれる相手だった。五歳の年の差もあるだろう。婚約破棄されたと勘違いしたあの日まで、ユーディアスがシンシアに怒ったり、怒鳴ったりしたことは一度もない。

優しい面しか見せてこなかったのだと今ではわかる。

再会したユーディアスは、怒ったり、シンシアを激しく責めさいなんだり、拗ねたり、他の男に嫉妬したりしている。おそらくこちらが素のユーディアスなのだろう。優しくて面倒見のよい面も彼の一面には違いないが、怒ったり嫉妬したりするユーディアスもシンシアには好ましく感じられた。

そう感じるのはシンシア自身も成長したからなのだろう。アガサのもとで暮らして、ようやく少しはユーディアスと対等になれたのかもしれない。

あの二年間も無駄ではなかったのだと今では思う。あのまま結婚しても、きっとユーディアスはシンシアには「優しい兄のような」面しか見せなかったに違いないから。

「じゃあ、名残惜しいけど仕事に行ってくるよ」

ユーディアスはシンシアの頭のてっぺんにキスを落として、部屋を出ていった。

シンシアは幸せだった。「お仕置き」を受けてから十日あまり。シンシアとユーディアスはまるで新婚のような生活をしていた。同じベッドに入って疲れるまで愛し合い、昼間でも時間さえ許せば身体を繋げ合う。

婚前交渉は眉を顰められる行為だが、シンシアとユーディアスが愛し合ってもここでは誰も何も言わない。

心ゆくまで二人は性行為に溺れていられた。

『早めに式を挙げることにしよう。もう君は僕の子どもを身ごもっているかもしれない』

昨夜もたっぷりと子種を注がれ、少し膨らんだ下腹部に手を這わせながらユーディアスが言った。

『さっそく準備に入ろう。全部僕がやるから、君は身一つで僕のところへ来てくれればいいからね。……ああ、君の家のことが気になるって？　大丈夫だ。僕に任せてくれ』

――何もかもユーディアス様に任せておけば大丈夫。

シンシアは考えることを放棄して、ユーディアスにすべて委ねた。

いや、正直に言えば考えたくなかったのだ。どうして二年前に父親や継母、それにレニエまでよってたかってシンシアたちの婚約を壊したのか。なぜオルカーニ伯爵はシンシアを強引な手を使って手に入れようとしたのか。

ユーディアスはその理由を知っているようなのに教えてくれない。

『僕の一存で勝手に話をするわけにはいかない案件なんだ。もう少し待って欲しい。たぶん、そのうち君に話せるようになるだろうから』

そう言われてしまえば、シンシアが詮索《せんさく》するわけにはいかなかった。推測するだけの材料もない。

だから、ユーディアスにすべて委ねたのだ。いつかその時がきたら教えてくれるだろう。

——今はなにも考えずにこの幸せを享受するのよ、シンシア。

楽しい時間は終わりが来る。それをシンシアは知っていた。今のこの平和もつかの間のことだという予感があった。

……そしてそういう予感はたいてい当たるものだ。

セルディエ侯爵領に来て三週間が過ぎた頃、その日は突然やってきた。


この日、ユーディアスが書斎に行くのを見送ったシンシアは、ミーシャとフローラと一緒にドレスのカタログを眺めていた。来年のドレスを作るので、気に入ったデザインを選んでくれと彼に頼まれたからだ。

またユーディアスに負担をかけると思うと心苦しかったが、フローラによると、ドレス作りは冬の間収入が乏しくなる領民に仕事を与えるという意味もあるらしい。

農家の女性たちが冬の間に織った布を使い、周辺の街に住む複数の仕立屋がドレスに仕上げる。その際に大勢のお針子が雇われ、彼女たちは安定した収入を得ることができる。

お針子たちが街で買い物をすることによって、街の商店も活気づくのだという。

「王都のドレスメーカーに注文して仕立てるより安く作れるし、領民も潤います。旦那様がご当主になられてから、皆収入が増えたと喜んでおりますわ」

それならばとシンシアは安心してドレスのデザインを選ぶことにした。

王都から届いた最新のカタログを見ながら三人で検討していると、ミーシャがふと何かに気づいたように顔をあげた。

「外が騒がしくないですか？」

言われてみれば、前庭の方から何か言い争うような声が聞こえてくる。

「そうね。何かあったのかしら？」

フローラが立ち上がり、確認に向かう。窓から外を見た彼女は息を呑んだ。

「大変です、シンシア様！　柵の外に武装した集団が……屋敷を取り囲んでいます！」

「なんですって？」

急いで窓に駆け寄ると、フローラの言うとおり、敷地を取り囲むように武器を手にした集団がずらりと並んでいた。門の前ではセルディィエ侯爵家に仕える家令と使用人たちが武装した集団と言い合いをしている。

高い鉄柵があるので簡単に敷地へは入ってこられないようだが、それも時間の問題と思われた。

「いったい、何が……」

シンシアが呟くのとユーディアスが部屋に飛び込んできたのは同時だった。

「シンシア！」

「ユーディアス様！　いったい、何があったんです？」

「オルカーニ伯爵だ。私兵を率いてやってきて、君を出せと喚いている」

「オルカーニ伯爵が!?」

慌てて視線を窓に戻すと、門の前で家令とやり取りしている中に、一人だけ燕尾服の男がいた。遠目すぎて顔までは判別できないが、背格好からオルカーニ伯爵だと思われる。

――まさか、こんなところまで私を強引に攫いにきたというの？　どうして？　なぜ？

確かにオルカーニ伯爵は保養地に向かうシンシアをならず者たちに襲わせて拉致しようとした。けれど、今回は規模が違う。私兵を率いて貴族を――それもセルディィエ侯爵というこの国では名門中の名門である貴族を襲ってまで強奪しようとしているのだ。

――いったいなぜ？　どうしてあの人はそこまで私に執着するの？　顔を合わせたのはたった一回きりなのに。

訳がわからない。けれど、自分のためにここの人たちを危険に晒すわけにはいかないことだけは確かだ。

「ユーディアス様、私、行きます。私が行けば収まるのですから」

「何をばかな」

ユーディアスはシンシアの言葉を一蹴すると、ミーシャを見た。

「ミーシャ、準備はできているな?」

「はい。閣下のご指示どおり、ここから数キロ離れた森の狩猟小屋の近くに馬車を待機させてあります。抜かりはありません」

ミーシャはハキハキ答えた。不可解なやり取りにシンシアは眉を寄せる。だが深く考えている余裕はなかった。ユーディアスがこう言ったからだ。

「シンシア。今すぐミーシャと一緒にここから脱出するんだ。あとのことはミーシャに指示してある。彼女の言うとおりについていけば、大丈夫だ」

シンシアはぎょっとしてユーディアスを見返した。

「脱出って……。ユーディアス様はどうされるのです? 屋敷の皆は!?」

「僕は君が脱出するまでの時間を稼ぐためにオルカーニ伯爵と話をしてくる。君はその間にミーシャとここを離れるんだ」

「そんな、危険です! 私が行きますから、ユーディアス様こそ、その間に……」

「シンシア」

扉に向かおうとするシンシアをユーディアスが抱きしめる。

「僕たちは大丈夫だ。この襲撃はあらかじめ想定されていたことだから、対策はしっかりしてある。この屋敷の皆も、僕も大丈夫だ。けれど、この後、多少ゴタゴタすることが予想される。君も巻き込まれるかもしれないから、この件が解決するまで安全な場所にいて欲しいんだ」

「ユーディアス様は……襲われることがわかっていたと言うのですか？」

「わかっていた。もう後がない彼は、なんとしても君を手にするためにそうするだろうと思っていた。だからこそ君を実家から離してここに留め置いていたんだ。あの家にいたら君はいとも簡単にオルカーニ伯爵に売られていただろうから」

三週間前、レニエに騙されて保養地に向かう途中、オルカーニ伯爵が雇ったならず者たちに拉致されそうになったことを思い出す。王都にいたら確かにシンシアはレニエだけではなく、継母たちによってオルカーニ伯爵に引き渡されていただろう。

「どうして？　どうして私なんです？」

シンシアは辛そうに顔を歪める。彼らはなぜこんなことをするのだろう。

ユーディアスは、何かを言いかけたが、すぐに首を横に振った。

「それは……」

「今は時間がない。だけど、これだけは言っておくよ。あいつらに狙われる原因は君じゃない。君の実の父親にあるんだ」

シンシアは弾かれたようにユーディアスを見上げた。

——実の、父親……？　ではユーディアス様は……。

「……知って、いたのね。私がお父様……ベルクール伯爵の本当の子どもではないかもしれないことを」

「知っていたよ。子どもの時からね。僕だけではなくて、関係者は皆知っている。でも君に何も伝えてなかったのは、悪意あってのことではなく、君を守りたかったからだ。このことだけは忘れないで」

ユーディアスは屈みこんでシンシアの額にキスをすると、そっと腕を解いた。

「君の実の父親が君を守ってくれる。真実は当事者であるあの方から語ってもらった方がいいだろう。ミーシャ。頼むぞ」

ミーシャが頷いてシンシアの腕を取った。

「さぁ、行きましょう。お嬢様」

「でも、ミーシャ……」

「お嬢様が脱出なさらないとユーディアス様も動けないんです。ここは辛抱の時です。またすぐに会えますから」

「本当ね、本当にすぐ会えるのよね？」

縋るようにユーディアスを振り返ると、彼は優しく微笑み返した。

「もちろんだ。落ち着いたら迎えに行くよ。だから、さぁ、行って」

シンシアは唇を噛みしめ、断腸《だんちょう》の思いで頷くと、ミーシャとともに部屋を出た。

「地下に隠し通路があるのです。長いトンネルを抜けると二キロ先にある森の狩猟小屋に出ます。ユーディアス様が彼らの注意を引きつけている間に急ぎましょう」

ミーシャがシンシアを連れていったのは地下の食料庫だった。トンネルのような作りになっている食料庫には色々な種類の野菜や果物が積み重なっている。ミーシャは食料庫に置かれたランプを一つ手に取ると、そのまままっすぐ奥に進んだ。

奥は行き止まりになっていた。アーチ状になった壁には乱雑に木の樽《たる》が転がされている。ミーシャはそのうちの一つの樽をどけて、地面を覆っている土を払いのける。するとどうだろう。床に木戸で作られた地下への入り口が現れたではないか。

「ここが通路です。行きましょう」

ランプを手にしたミーシャが先に通路に入り、シンシアが続く。地下なので屋敷の喧騒はまったく聞こえない。今どうなっているのかもわからない。

――でもユーディアス様を信じているから。きっと大丈夫。今はただ無事に脱出することを考えないといけないわ。

地下のトンネルは人がすれ違うのがやっとなほどの、とても狭いものだった。いかにも人が掘ったとわかる細い通路が、延々と続いている。

「足下に気をつけてください。舗装されていませんので。それに、森の狩猟小屋まで直線だと二キロですが、通路は曲がりくねっているので、少し余計に時間がかかるかと思います。でも必ず着きますから、心配なさらないでくださいね、お嬢様」

「ありがとう、ミーシャ。頼りにしているわ」

ミーシャを先頭に、二人は地下の通路をゆっくり進んでいった。それからどれほど経っただろうか。通路が途切れ、二人は狩猟小屋の薪《まき》置き場にたどり着いた。

狩猟小屋には誰も住んでいないようだった。聞けば、春から秋にかけての期間だけ、密猟者の監視のために使われているらしい。晩秋が過ぎた今は放置され、森で一夜を明かすことになってしまった領民がたまに使用しているくらいだという。

「外で馬車が待機しております。それに乗ってここから離れましょう」

小屋の外に出てみると、ミーシャの言うとおり、目立たない場所に小さな馬車があり、一人の男性がシンシアたちの姿に気づいて駆け寄ってきた。見覚えのない男性だったが、ミーシャは顔見知りのようで、ホッとしたように声をかける。

「よかった。奴らには隠し通路のことも、馬車のこともバレていないようね」

「大丈夫です。でも、急いだ方がいいと思います。追われた奴らが森に隠れようとする可能性もないわけではないので。鉢合わせする前に出発しましょう。さぁ、馬車に乗ってください」

「お嬢様、急ぎましょう」

言われるままシンシアは馬車に乗り込む。外見は地味だが、客車の中は意外と広くて快適なようだ。ふわふわの布が張ってある椅子に腰を下ろしたところで、馬車が動き出した。御者台に乗っているのは先ほどの男性だ。

どこへ向かっているのか、シンシアにはわからない。何が起きているかも不明だ。見えないとわかっていながら、シンシアは来た道を何度も振り返った。

――ユーディアス様。どうかご無事で。

＊＊＊

シンシアたちが地下の食料庫から隠し通路に入ったと連絡を受けたユーディアスは、悠然とした足取りで建物から出た。

前庭を横切り、門に近づいてみると、セルディィエ侯爵家の家令や使用人たちが、柵を挟んでオルカーニ伯爵とにらみ合っている。伯爵のすぐ横に控えているのは彼の私兵を率いている男のようだ。

ユーディアスの姿に気づいたオルカーニ伯爵が口角をあげた。

「ようやくお目見えか」

「これはオルカーニ伯爵。私兵を率いてこのような地に何の用ですか？」

もちろん相手の要求など聞くまでもなくわかっているが、ユーディアスはわざとらしく尋ねた。オルカーニ伯爵はムッとしたようだったが、さすがにそれをあからさまに表す相手ではない。

「決まっている。私の婚約者を取り返しにきたのだよ。君は不当に私の婚約者を拘束している。即刻お渡し願おう」

「『私の婚約者』？　おかしいですね。シンシアは僕の婚約者ですが」

「私とシンシア・ベルクール嬢はベルクール伯爵の許可のもと、婚約を交わしている！　私には彼女を取り返す権利がある！」

「おや、残念ながらそれは無効ですね」

言いながらユーディアスは眉をあげてみせる。

「僕たちは十年以上前から正式に婚約している。いくらベルクール伯爵を名乗っているあの男が認めようと、婚約証明書によって正式に婚約を結んでいるのは僕の方です。しかもその婚約を取り仕切ったのは国王陛下だ。陛下の御名のもと、真のベルクール伯爵と取り交わした契約を覆すことはできない。それがわかっているからこそ、シンシアをならず者を使って攫い、純潔を奪って強引に婚姻関係を結ぼうとしたんでしょう？　残念でしたね、僕に先に攫われてしまって」

「……っ、小僧」

オルカーニ伯爵はユーディアスを睨みつけた。紳士としての仮面が剝がれ落ちようとしているようだ。ユーディアスはこの機会を逃さず、さらに煽る。

「聞くところによると、あなたが武器の売買に使おうと思っていた会社が次々と摘発されているようですね。あなた自身はかろうじて捕まらず逃げおおせているが、商売がほとんどできず、あなたの裏社会での信用も落ち、資金繰りも悪化していると聞いていますよ。婚約などしている暇はないのでは？」

「貴様……っ」

「それに、この国では辺境伯を除いて私兵を持つことは禁止されています。一人や二人を護衛に雇うくらいなら問題はありませんが、さすがに五十人はくだらない人数を動かしていては、弁解の余地はない。反逆罪に問われることになるでしょう。もちろん、伯爵位は剝奪《はくだつ》されますね」

「ほざくな小僧。脅《おど》しにはのらないぞ。このような国の伯爵位になどにもとより未練はない。私はシンシアを連れて新天地に行く。邪魔はさせん！」

「新天地、ねぇ」

ユーディアスは意味ありげにオルカーニ伯爵の傍に立つ男を見つめた。その男は家令に「自分は傭兵だ」と言ったらしいが、そうではないことをユーディアスは知っていた。

「その新天地とはラインダースのことですかな。あなたの傍にいる男はラインダース国軍の第八駐留部隊に属する軍人のようですし」

「なっ……なぜ、それを……」

オルカーニ伯爵は目を見開き、ユーディアスを凝視した。その隣で傭兵と称する男——いや、ラインダース国軍の軍人も顔を青ざめさせている。

反対にユーディアスは余裕たっぷりににっこりと笑った。

「なぜそれを知っているのかって？　もちろん、ラインダースのユリウス陛下からお聞きしたのですよ。西の国境の警備を担当している第八駐留部隊のとある小隊の五十人ほどの兵士が、十日ほど前に訓練中に姿を消して、国境を越えてカスターニエに侵入したとね。ああ、その小隊を率いる隊長というのが反国王派の手先であることも聞いていますよ。ところでオルカーニ伯爵の隣にいる男は、ユリウス陛下から聞いた反国王派の隊長とやらに顔の特徴がよく似ていますね」

「ぐ、偶然だ……私はそんな者ではない」

ラインダース軍の隊長はかろうじて言葉を紡いで否定したが、そんなことでごまかすことができないのは彼にもよくわかっているだろう。

なぜなら、そこまで詳しく彼らの動きを知っているということは、前から見張られていたということだからだ。命令に背いて部隊から抜け出し、国境を越えて他国の領土を侵したことも、彼らの目的さえも事前に察知されていたのだ。

もはや青を通り越して真っ白になりつつある隊長の顔を見つめながら、ユーディアスは心の中で嘲《あざけ》る。

――こちらの罠にかかったことをようやく悟ったようだな。

おそらく彼らの目的はシンシアの身柄を確保して密かにラインダースに連れていくことだ。もちろんオルカーニ伯爵も連れていくだろうが、ユーディアスは国境を越えたとたん伯爵の命はないだろうと見ている。

彼らにとって必要なのはシンシアだけだ。カスターニエ国内で動くためとシンシアの身柄を確保するために利用したが、武器の売人としての価値も失ったオルカーニ伯爵をいつまでも生かしておく意味はない。

ユーディアスはオルカーニ伯爵の外見だけは紳士然とした姿を見ながら、冷笑を浮かべた。

利用するつもりがラインダースの反国王派、それにベルクール家にも利用されていた哀れな男だ。

「ラインダース軍人だというのがどうした」

自分に待ち受けている運命も知らずオルカーニ伯爵が吼《ほ》える。

「お前たちを消してしまえば、彼らが国境を侵したことも、私が禁止されている私兵を雇った証拠も残らない。これは脅しじゃないぞ。シンシアを差し出さなければ、屋敷にいる人間は皆殺しだ。むろん、お前もだ。小僧！」

もはや紳士ではなく、悪党としての本性を現したオルカーニ伯爵が、ユーディアスに向けて歯をむき出しにして笑う。

思わずユーディアスも声をあげていた。

「ああ、あなたはまったく気づいていないのですね。哀れにも。王都から遠い領地なら多少騒ぎを起こしても大丈夫だと思っての暴挙でしょうけど、どうして僕がシンシアを連れてわざわざここまで来たのだと思っているのですか？」

「何だと!?」

ユーディアスの笑みがますます深くなる。

「わざと襲いやすい状況を作ったんですよ。言い逃れできない状況にして、確実にあなたと反国王派の息の根を止めるためにね」

ピーッと甲高い笛の音が空に鳴り響く。笛を吹いたのは、家令の隣にいた下男の格好をしたたくましい男だ。

笛の音が終わるか終わらないうちに、屋敷の中から、前庭に作られた垣根の陰からも次々とカスターニエ軍の紋章を身につけた兵士が現れた。それだけではなく、屋敷を取り囲むオルカーニ伯爵の私兵の背後からカスターニエ軍の旗を持った兵士が現れる。外の兵士だけでオルカーニ伯爵の私兵の数倍の数だ。

「なっ、いつの間に……！」

　自分たちがすっかり包囲されていることに気づいて、オルカーニ伯爵の顔が蒼白になった。

「国王陛下が軍の精鋭部隊を派遣してくださったんだ。襲われるとわかっているのに丸腰で待ち受けるわけがないでしょう？」

　下男の格好をした男が周囲に轟《とどろ》くような声で命令を下した。

「一人残らず捕まえろ！　決して逃がすな！」

　彼は精鋭部隊の指揮官をしている軍人で、オルカーニ伯爵たちに警戒されないように下男に扮して屋敷内に潜り込んでいたのだ。もちろん、ユーディアスも家令も承知していることだ。

　精鋭部隊とオルカーニ伯爵の私兵……いや、ラインダース軍の軍人たちとの戦闘が始まった。だが、人数の差もさることながら、ラインダース軍は動揺していたためにあっという間に崩れて、次から次へと捕縛されていった。

「くそっ、放せ！　私は王になる男だぞ！」

　オルカーニ伯爵の喚く声がユーディアスの耳に届いた。そちらに目を向けると、精鋭部隊の兵士に腕をねじあげられ、地面に倒されて押さえ込まれたオルカーニ伯爵の姿があった。

「……思った以上にあっけなかったな」

小さな声で呟いて、ユーディアスは天を仰いだ。

シンシアへの脅威はひとまず取り除かれたが、これでも半分だ。一番やっかいなものがまだ残っている。

「先は長いな。いつになったらシンシアを迎えにいけるのやら」

ため息をつき、一瞬だけシンシアが向かった方角の空を見てから、ユーディアスは屋敷に向かって歩き始めた。

第5章　父と娘

シンシアとミーシャを乗せた馬車は疾走を続けた。

「ミーシャ、私たちはどこへ行くの？」

「お嬢様の本当の父君がおられるところへ向かいます。追っ手はいないようですが、シンシア様が向かうという情報が広まる前にたどり着かないと、また面倒なことになりそうですので、少し急がせましょう。途中、万一のことも考えて馬車も取り替えます」

随分な念の入れようだ。

「……ミーシャ」

言ってもいいのか迷いながらも、シンシアは尋ねた。

「ミーシャはいったい何者なの？」

保養地まで付き添ってくれて、アガサのもとで一緒に暮らした、明るくて気立てのいい侍女。シンシアはずっとミーシャをそんなふうに思っていた。けれど、オルカーニ伯爵の兵が屋敷を取り囲んだあの時から、シンシアの知っている彼女とは何かが違っているように感じていた。

——どうして？　いつミーシャは私がベルクール伯爵の子どもではないことを知ったの？

——どうしてミーシャが私の実の父親のことを知っているの？

——どうしてユーディアス様はミーシャに私を託したの？

疑問がどんどん募っていく。

「お嬢様……」

ミーシャが逡巡していたのはほんのわずかの間だけだった。彼女は意を決したように顔をあげ、深呼吸すると——いきなり深く頭を下げた。

「ミ、ミーシャ？」

「申し訳ありません、お嬢様。私はずっとお嬢様に偽っておりました。私はお嬢様をお守りするように実の父君から遣わされた者なのです」

「私の……お父……実の父親から？」

「はい。父君を取り巻く環境は少し特殊でございまして。その影響がお嬢様に波及することを懸念されたのです。そこでお嬢様を陰からお守りするために、私が派遣されました。

本来でしたら護衛であることはお嬢様に知られないようにするはずだったのですが、このような事態になってしまったために、ユーディアス様に協力をお願いしたのです」

思いがけない言葉が次から次へとミーシャの口から出てシンシアは呆然となった。

「そんなことが……」

「騙していたことを考えれば、お嬢様には嫌われても致し方ありません。ですが、今は無事に父君のところへたどり着くのが重要。どうか、今しばらくご辛抱くださいませ」

「え？　待って。嫌ってなどいないわ」

シンシアは慌てて口を挟んだ。疑問に思ったから確認しただけで、騙されたとも謀られたとも思っていない。

「むしろ感謝しているわ。私のために保養地やセルディィエ侯爵領にまで一緒に来てくれたんだもの。振り回してしまって申し訳ないと思っているのは私の方よ」

「お嬢様……」

シンシアにとって実の父親という存在が希薄だったことも、騙されたと感じない理由の一つかもしれない。

父親が誰なのか。どうして母親《シャロン》とは結ばれなかったのか。疑問に思ったことがないとは言えない。

けれど、その答えを与えてくれたかもしれない母親はすでに亡く、シンシアが知る術はなかった。

それに……実の父親のことを考えるのは、今の父親に対する裏切りのような気がしていたのだ。だから考えないようにしていたというのが実情だ。

——でも今なら尋ねても構わないわよね？

「ねぇ、ミーシャ。ユーディアス様は詳しい事情は実の父親から説明してもらうように言っていたわ。だからそのことは今は尋ねない。でも、それ以外のことはいくつか質問していいかしら？」

「はい。私で答えられることであれば」

「……私の本当のお父様はどういう方なのかしら？」

「とてもすばらしいお方です」

ミーシャは満面に笑みを浮かべた。

「お優しくて、公明正大で、とても尊敬できる方なのです。時に厳しい決断をされますが、それもあの方のお立場では致し方ないこと。苦労されてきたせいか、どんな身分の者であっても気遣ってくださいます」

畳み掛けるように言われて、シンシアはびっくりした。こんな興奮した様子のミーシャは今まで見たことがない。

どうやら彼女はかなりシンシアの実の父親に心酔しているらしい。

「髪の色と瞳の色はお嬢様とまったく同じです。お嬢様はシャロン様に似てらっしゃるので顔立ちはやや異なりますが、並べば親子だと納得できますとも」

「私と同じ髪と目の色なのね……」

思わずシンシアは自分の銅色の髪に触れる。

――私のこの髪と瞳は王家から嫁いでこられた曾おばあ様から受け継いだものだと思っていたけれど、もしかしたらお父様譲りだったのかもしれない……。

実の父親とはっきりとした共通点があると知り、シンシアの胸の中がほんのり温かくなった。

「では次の質問ね。この馬車はどこへ向かっているの？　ユーディアス様はあなたが知っているから任せるようにと言っていたけれど……」

「この馬車はラインダースへ向かっています」

「ラインダースですって⁉」

思いもよらないことを聞いて、シンシアの目が大きく見開かれる。てっきり国内のどこかに向かっているとばかり思っていたのだ。

「もしかして、実のお父様はラインダースに住んでいらっしゃるの？」

「はい。そのとおりです。ですから私たちも国境を越えてラインダースに行きます」

「ラインダースだなんて……思いもしなかったわ」

シンシアが驚いたのも当然のことだ。母親のシャロンはカスターニエを出たことがないはずだからだ。いったいどうやってラインダースに住んでいるという実の父親と出会ったのだろうか。

――そのことは本当のお父様に会えばきっと話してくれる……のよね？

深呼吸をしてなんとか心を落ち着かせると、シンシアは一番知りたかったことを質問した。

「私の本当のお父様はどなたなの？　名前はなんておっしゃるのかしら？」

「それは……」

今まで質問には快く答えてきたミーシャはここで初めて口ごもった。

「もしかして……言うのは禁止されている？」

「い、いいえ。禁止されているわけではありません。ただ……」

ミーシャは言いにくそうに答える。

「これを言ってしまえばお嬢様は父君に会いたくないとおっしゃるのではないかと思いまして。やはり直接お会いになって名前をお尋ねするのがいいかと。……勝手なことを言って申し訳ありません」

――知ったら会いたくなくなる相手？　どういうことかしら？　とんでもない悪評がある方とか？

怪訝に思ったが、ミーシャは父親の名前と素性に関しては口にすることを頑なに拒んだ。

――まぁ、いいわ。そのうちわかるでしょうから。

シンシアは気楽に考え、詳しく尋ねるのをやめた。

だが後になって「この時強引に聞いておけばよかった」と後悔することになるのだった。


馬車は国境を越えてラインダースに入った。その頃になると馬車をラインダース軍の騎兵隊が取り囲むように並走していた。

彼らがいつ現れたのかシンシアにはわからなかった。おそらく国境を越えてからだろうが、そもそも国境を越えた時の記憶すらシンシアにはない。夜通し馬車に揺られていたため、うとうとと寝ている間に越えてしまったのだ。

シンシアが目を覚ましたのは、すでにラインダースに入ってからだった。その時にはもう兵士に守られていたのだ。

「ここがラインダース……」

隣国なので文化や法律もよく似ているが、窓から見る風景はカスターニエと似ていながらやはり少し違うようだった。

山岳地帯を下り、森を抜け、街に差し掛かった時に、シンシアは思わず呟いていた。

「時々内乱があったから、もっとこう、治安が悪くて地方の街は荒廃しているかと思ったけど……」

目に見える街の様子は平和そのものだ。屋台が立ち並び、人々が行きかう。子どもたちが笑いながら追いかけっこをしている。住民の顔に、不安や怯えはなかった。

「まぁ、お嬢様ったら。確かに三、四年前まではたまに反乱も起こっていました。でもそれは反国王派が起こした小規模なものです。国民の大部分はユリウス陛下を支持しております。反乱も国民の支持を得ることなくすぐに鎮圧されました。ですから、国民の生活にはほとんど影響ありませんでした」

反国王派というのは以前の第一王子を擁する一派だ。

十八年前、この国は側室から生まれた第一王子を王位につけたいと考える貴族たちと、正妃が産んだ第二王子を支持する貴族たちで二分された状態だった。

カスターニエもそうだが、王位や貴族の持つ爵位は嫡男が引き継ぐものとされている。庶子は王位を継いだり爵位を相続する権利がない。まったくないわけではないが、相続できるのは嫡男が身罷《みまか》り、正妃や正妻の生んだ男児が他にいなかった場合などに限られていた。

当時のラインダース王には二人の王子がいたが、王妃が産んだ第二王子が王太子になって王位を継ぐのが正統であり、実際王太子の座についていた。ところが第一王子を擁する側室と、側室の実家である侯爵家が側室の産んだ子どもを王位にと望んだことで混乱が始まった。

権力のあった侯爵家は次々と有力な貴族たちを自分の陣営に引き入れ、それに対抗しようとした第二王子――王太子派との間で熾烈な王位継承争いが勃発することになった。

結局、第二王子、つまり現在の国王ユリウスが勝利して王位につき、第一王子や側室、実家の侯爵家は処罰されて争いは終わったかに見えた。ところが逃げ延びていた第一王子派の残党がユリウスに抵抗し、その後何年にもわたって反乱を起こしていくことになったのだ。

シンシアも含めてカスターニエの貴族たちは、反乱やクーデターと聞くと、政情不安に陥っているのではないかと考えてしまいがちだが、ミーシャが言うには反乱とも言えないようなものだったらしい。

国民は意外なほど冷静で、決して反乱軍が支持されることはなかった。

「それもこれもユリウス陛下の人徳あってのこと。陛下は私たち国民の自慢なんですよ」

「そうだったのね」

かつて外務大臣の父親についてラインダースに行く予定のユーディアスを、シンシアはかなり心配したものだが、まったくその必要はなかったというわけだ。

祖国カスターニエとずっと良好な関係が続いている隣国で、しかも、実の父親が住む国だというのに、あまりラインダースに詳しくない自分をシンシアは恥じた。

——もっと勉強したり、ユーディアス様に詳しく聞いておけばよかったわ。

でも今からでも遅くはないだろう。ユーディアスの身を案じてただ不安な気持ちを抱えているより、ずっと建設的だ。

シンシアは気を取り直してミーシャに声をかけた。

「ミーシャ、この国のことをもっとよく教えてちょうだい」

「はい、お嬢様」

ミーシャは嬉しそうに笑って頷いた。


「まぁ、なんて大きくて綺麗な街なのかしら」

セルディィエ侯爵領を発って二日後、ようやくラインダースの王都にたどり着いたシンシアは立派な都市に感嘆の吐息を漏らした。

ラインダースの王都はカスターニエの王都と同じくらい栄えていて賑やかだった。

「私の本当のお父様は王都に住んでいらっしゃるのね」

「そうなります」

王都のメインストリートを馬車は通り抜けていく。

カスターニエの王都は街の中心に巨大な王宮があり、それをぐるりと取り囲む形で街が広がっている。一方、このラインダースは山の上に王城があり、山のすそ野に王都が形成されていた。

シンシアたちを乗せた馬車は王都を突っ切り、止まることなくそのまま城へ向かう道を上っていく。さすがのシンシアも馬車の行き先に気づいて、困惑を隠せなかった。

「このまま行くと王城よね？　どうしてお城に行くの？　実のお父様のところへ行くのではなかったの？」

宥めるような口調でミーシャが答えた。

「先に陛下に会っていただくことになりまして」

「な、なぜ？」

一介の貴族、しかも他国の伯爵家の娘が国王に会う必要があるのだろうか。

「お嬢様はユーディアス様の婚約者でいらっしゃいますから。ユーディアス様は何度かお仕事でこの国にいらしていて、陛下にとても気に入られているのです。ですから、その婚約者であるお嬢様がラインダースに来たと知って、会ってみたいと思われたのでしょう。大丈夫です。陛下も王妃様もサリーナ殿下もみんな気さくで優しい方たちばかりですから」

「でも、そんな突然……。ドレスだって謁見に適したものじゃなくて、普段着なのに」

セルディエ侯爵領を出発して最初の日は夜通し馬車を走らせていたが、さすがに二日連続でそれでは身体が持たないということで、昨夜は宿に泊まった。そこで身を清めることができたので、不潔ということはないが、王の前に立てる姿でないのは変わらない。

けれど、いくら言ってもミーシャは聞かず、シンシアは押し切られる形で承諾した。一番の理由はこの言葉のせいだった。

「ユーディアス様と屋敷がどうなったのか、きっとユリウス陛下はご存じでしょうから、尋ねてみてはいかがですか？」

ユーディアスがどうなったのか、シンシアはまだ知らない。無事でいると信じているが、情報が入ってこないのだ。

王城に行けばわかるかもしれないと言われて、シンシアは抵抗できなかった。

そしてあっという間に王城にたどり着き、さらに主居館に案内され、気がつくと謁見の間で国王ユリウス、王妃サラ、第一王女サリーナが並ぶ前で淑女の礼《カーテシー》を取っていた。

社交界デビューのために練習した淑女の礼が思わぬところで役に立った形だ。

「そんなにかしこまる必要はない。これは非公式の謁見だから、もっと楽にしてくれ」

「そうですよ。そんなに硬くなる必要はないわ」

頭を下げたままのシンシアに国王ユリウスと王妃サラが優しく声をかける。けれど恐れ多くて、とてもではないが、顔をあげることができないでいた。

——どうして、こんなことに？　私はただ実のお父様に会いに来ただけなのに。

国王一家が気さくというのは本当らしい。玉座に腰を下ろし、優しい笑みを浮かべてシンシアを見つめている。非公式であるのは確かなようで、いつもなら国王の傍には重臣が立ち並び、部屋には大勢の人がひしめいているというが、今は国王の傍にいるのは一人の侍従らしき人物と、護衛兵しかいない。

「うふふ、ベルクール嬢ではなくてシンシアって呼んでいいわよね。わたくし、ユーディアスから聞いてあなたとお会いできるのをとても楽しみにしていたのよ」

今年十六歳になるサリーナ王女が楽しそうに笑いながら言った。

——そういえば、ラインダース国主催の舞踏会で、ユーディアス様はサリーナ殿下と踊ったことがあるのだわ。

社交界では一曲目を踊るのは義理、二曲目は二人が親しい間がらであることを示すものだと言われている。立て続けに同じ人と三曲目を踊ったら、それは婚約しているも同然だとみなされる。

本当かどうかわからないが、噂ではユーディアスとサリーナ王女は続けて三曲踊ったという。

「彼の言うとおり、本当に見事な銅色の髪だわ。カスターニエの王族の色ね。わたくしのお父様もカスターニエの王族の血を引いているのはご存じかしら」

「は、はい」

先代の正妃、つまりユリウス国王の母親はカスターニエの王族で、現在のカスターニエ国王の叔母にあたる。両国の友好の証としてラインダース王のもとに嫁いだのだ。ユリウスがカスターニエの王族の血を引いていることは誰でも知っている。

現に頭を下げる直前、ちらりと見えたユリウス王の髪は銅色をしていた。母親譲りなのだろう。シンシアと同じだ。

——……待って。確か私の実のお父様も銅色の髪で緑色の目をしているとミーシャは言ったわ。

銅色の髪と緑色の目はカスターニエの王族の血を引く者によく出る色だ。だから、シンシアとユリウスの色が同じでも別におかしいことではない。おかしいことではないが……。

脳裏に浮かんだとある考えにシンシアは背筋にすーっと嫌な汗が流れるのを感じた。

——まさか、ユリウス陛下が……？

シンシアは恐る恐る顔をあげて、ユリウスを見る。

四十歳になったばかりだというユリウス国王は、背が高くてがっしりとした体格の持ち主だった。顔立ちは男らしく、優美というより精悍といった表現がよく合う風貌だ。

髪の色はシンシアと同じく光沢のある銅色で、緑色の瞳をしていた。その緑色の目がシンシアを愛おしそうに見つめている。

「……シャロンにとてもよく似ているな。彼女と初めて出会った時のことを思い出す」

掠れた声がユリウスの唇から零れた。シンシアの声も震えていた。

「あの、もしや、陛下は……」

シンシアの言いたいことがわかったのだろう。ユリウスは頷き、はっきりとした口調で告げた。

「そのとおりだ。シャロンの娘よ。君は私とシャロンの子どもだ」

――ユリウス陛下が、私のお父様……。

あまりの出来事に、シンシアの足からすっと力が抜けた。無様にもその場で床にぺたりと座り込んでしまう。

これが公式な謁見の場だったら、とんだ不作法に非難の目が向けられていたかもしれないが、その場にいる誰もシンシアを責めなかったし、かえって微笑ましげに見つめている。

「お嬢様……！」

斜め後ろに控えていたミーシャが慌てて飛び出して支えようとするが、まるで足に力が入らなかった。

――ミーシャったら、先に教えてくれれば良かったのに……！

つい八つあたりのようなことを考えてしまう。

けれどミーシャが言葉を濁したのも無理はない。もしあの段階で自分の本当の父親がラインダース国王ユリウスだと知らされたら、シンシアは気おくれして絶対に会おうとはしなかっただろう。

「驚くのは当然だろうな。シャロンも、カスターニエ国王も、フォーセルナム侯爵夫妻も、君には何も知らせなかったからな。でもそれは君の身の安全を考えてのことだ。君がそのように育てられることになったのも、すべては私のふがいなさが原因だ」

ユリウスは緑色の瞳をひたとシンシアに向けた。

「本来であれば、私と君はこうして父娘として顔を合わせることなく、一生を終えるはずだった。王族の問題に巻き込まれることなく、普通の貴族の娘のように平穏に暮らして欲しいというのがシャロンの願いだったからな。けれど、君の素性は知られ、安全を脅かされるまでになってしまった。それもこれもすべて私の不徳の致すところだ」

ようやくシンシアは自分がどのような状況に置かれていたのか理解した。

――ああ、そうなのね。オルカーニ伯爵は私がユリウス陛下の娘だと知っていたのだわ。だからあれほど執拗に私を狙って……。

そしてセルディエ侯爵家も知っていたのだ。前侯爵は外務大臣だ。知らされないわけがない。ユーディアスも、おそらく最初から知っていたのだ。シンシアが誰の娘であるかも。

母親同士が親しかったから結ばれた婚約だと言われて、ずっとそれを信じてきた。けれど、自分が国王の隠し子であると知った今、あの婚約は別の意味も持っていたのだと、シンシアは今さらながら気づいた。

外務大臣を歴任してきた名門侯爵家に嫁げば、シンシアはいつかユーディアスの妻として外国の要人と――もちろんユリウスとも顔を合わせていたはずだ。

シャロンがユーディアスとシンシアの婚約を調えたのは、シンシアの素性が公になることなく父娘が顔を合わせる機会を作るためだったのだろう。

――ああ、お母様……！

母親の溢れんばかりの愛情を感じて、シンシアは涙をにじませた。

「陛下……」

「お父様」と呼ぶのは恐れ多くて敬称で呼びかけると、ユリウスは辛そうに顔を歪ませた。けれど、シンシアの気持ちを慮《おもんぱか》ってくれたのか、そのことに関して何かを言うことはなかった。

「何かな、我が娘よ」

――我が娘。ベルクールのお父様からは一度も聞いたことがない言葉だわ。

それも当然だったのだと今ではわかる。彼はシンシアが自分の子どもではないことを最初から知っていたのだろう。

「……教えてください。私が生まれる前に何があったのか。どうしてお母様と知り合うことになったのかを」

「もちろんだとも。もうこうなっては君に隠すなど無意味だ。ユーディアスともそう意見が一致している。君が知りたいことを包み隠さず教えよう。だが、その前に……」

ユリウスは玉座から立ち上がり、シンシアの前までやってくると、床に座り込んだままの彼女の前に跪《ひざまず》いた。

「へ、陛下!?」

シンシアはうろたえる。一国の王が跪くなどあってはならないことだ。けれど、誰もそれを注意したり指摘することはなかった。

「君を娘として抱きしめたい。私は君が生まれた時にはもうラインダースに帰っていたから、君を抱いたことがないのだ。嫌なら諦めるが……」

「い、いえ、構いません。その……」

「ありがとう。君は外見だけでなく中身もシャロンによく似ているな」

懐かしそうに目を細めながら、ユリウスはシンシアに手を伸ばして自分の胸に引き寄せた。

――温かい……これがお父様のぬくもり……。

シンシアは今さらながらベルクール伯爵から一度も抱きしめてもらったことがないことを思い出す。与えられたのは、困ったような笑いを浮かべながらの『お母様のところへ行っておいで』という拒絶の言葉だけ。

「……君のことは一日たりとも忘れたことなどなかった」

ユリウスはシンシアをぎゅっと抱きしめながら、震える声で囁いた。

「愛するシャロンとの娘だ。できればこの目で成長を見守りたかった。だが私の立場がそれを許さなかった。シャロンを亡くし、君は新しい家族のもとで辛い思いをしてきたと聞く。そんな思いをさせることになったのはもとはと言えば私のせいだ。すまなかった、シンシア」

じわりと目に涙が浮かんだ。過去の思い出が脳裏を過《よぎ》っては消えていく。

母親の愛情を受けて育った幼い頃の記憶。父親にやんわりと拒否されてはいたが、それ以外はとても幸せだった。大好きなユーディアスと庭で遊んだ思い出。

母親が亡くなり、代わりにできた新しい家族とのぎこちない関係。家族の輪からはじき出されて、仲の良い家族の姿をただ眺めるしかなかった辛い記憶。

心を傾けたユーディアスに婚約を破棄されて、生ける屍のようだった頃の思い出。アガサと暮らした心穏やかな生活。

それらが一気にないまぜになって押し寄せてくる。

気がつくとシンシアはユリウスに抱きしめられながらボロボロと涙を流していた。

──温かい。ユーディアス様とはまた違う、優しい抱擁。

今ようやくシンシアは抱きしめているこの腕が自分の父親のものであると、受け入れることができた。

「……お父様……」

呟くとシンシアを抱きしめるユリウスの腕の力が強くなった。シンシアはユリウスに抱きしめられたまま涙が滂沱《ぼうだ》として止まらなかった。

そんな二人を、いくつもの優しい目が見守っていた。


「つもる話もあるでしょうから、私たちは席を外しますね。シンシア、また後で会いましょう」

「またね、シンシア」

正妃とサリーナ王女が立ち上がり、シンシアに明るい声をかけて謁見室を出ていった。

後に残ったのは、ユリウスと彼の後ろに控えた侍従らしき壮年の男性、それに護衛の兵たちだ。遠慮したのだろう、ミーシャも正妃たちとともに部屋を出ていっている。

侍従の男性が用意した椅子にシンシアは座り、玉座に戻ったユリウスが口を開くのを待った。

「さて、何から話そうか。……いや、最初からだな」

玉座に背中を預け、ユリウスは話し始めた。

「君も知っているだろうが、私は前ラインダース王の第二王子だ。正妃から生まれた男児ということで、誕生して間もなく王太子になった。何事もなければそのまますんなり王位についただろう。けれど、父王の側室である第一王子の母親がそれをよしとしなかった。自分の子どもを王位につけるため、権力と金を使って貴族を次々と自分たちの陣営に引き込み、私を追い落とすために様々なことを画策し始めた」

ユリウスは言葉を一度切り、面白くなさそうに笑った。

「もちろん、私を擁する者たちの助けもあり、王太子の座を奪うことはできなかった。そこで彼らは今度は私の命を狙うことにしたのだよ。私さえ死ねば国王の座は第一王子に転がり込むからな。何度も刺客に命を狙われ、食事にもたびたび毒を盛られ、今思い出しても無事に生きているのが不思議なくらいだ。父王はこの事態を憂慮し、側室の実家の力を削ぐ間、私を国外へ逃がすことにしたんだ。あのままだったら確実に殺されていただろうからな。その時、預けられた先が母の故郷であるカスターニエだ」

シンシアはハッとなってユリウスを見返した。

「カスターニエ？　もしかして、その時に……？」

「ああ、そうだ。親善大使という名目でカスターニエの王宮で世話になっている時に、王妃を訪ねてやってきたシャロンと出会い、たちまち恋に落ちた」

ユリウスは当時のことを思い出したのか、緑色の目を懐かしそうに細めた。

「シャロンは外見もさることながら、内面も美しい女性だった。彼女は寛大で思慮深く、自分のことよりまず他者を思いやって行動することができる人だった。たおやかでありながら、芯が強く、すべてを包み込む優しさを持っていた。私はシャロンに惹かれずにはいられなかったよ。私たちがともに過ごしたのは、ほんの半年ほどだったが、彼女の面影は未だこの心に深く残っている」

胸にそっと触れ、一瞬だけシャロンの面影を追うかのように目を閉じたユリウスだったが、次に開いた時にその目に浮かんでいたのは苦々しい光だった。

「だが、私は国に戻って王にならねばならない身だ。父や母や支持してくれる大勢の国民の期待を背負っている。その役目を放棄することはできなかった。最初からこの恋は終わることが決まっていたんだ。そしてとうとうその時がきた。父王から、帰国して国王になるようにという通達が来たんだ。私に譲位することで、王位継承争いに終止符を打とうとしたんだろう。私はシャロンに別れを告げた」

シンシアは亡くなった母親を思い出し、切なくなった。愛した人と別れなければならない。母親はどれほど辛かっただろう。

「もし、祖国が王位継承争いのせいで政情不安に陥っていなければ、他国の侯爵家の令嬢を私の妻として迎える方法もあっただろう。けれど、あの時点でそれは不可能だった。私が王位につき、第一王子派を抑えて安定した政治を行うためには、国内の有力な貴族の令嬢を正妃に迎える以外にはなかった。シャロンもそれはわかっていたよ。彼女は聡明だったからな。私たちは想い合っていながら別れることとなった。けれど、私が帰国する直前、シャロンの妊娠が発覚した。……そう君だ、シンシア。私の娘。シャロンのお腹の中には君が宿っていたんだよ」

これから王になろうとする青年にとって、婚姻外の子どもができるのは歓迎すべきことではなかっただろう。親善大使として赴いた先で高位の貴族令嬢を孕ませたことが明るみに出れば、ユリウスには致命的な打撃になっていたかもしれない。けれど、その危険を承知で、ユリウスは子どもができたことを喜んだ。

「シャロンと私の子どもだ。どうしても失いたくなかった。シャロンも同じ気持ちだった。そこで、従兄弟であるカスターニエ国王とシャロンの両親であるフォーセルナム侯爵家とで話し合い、君が私の子どもであることを徹底的に隠すことになった。それは君の身の安全のためでもあった。私の血を引く子どもの存在を知ったら、第一王子派は必ず命を狙っただろうからね。シャロンには周囲に妊娠が発覚する前に夫があてがわれることとなり、私も生涯ずっと君の父親だと名乗ることを禁じられた」

――お母様にあてがわれた夫こそがベルクールのお父様なのね……。

祖父に結婚を反対されていた母親《シャロン》と父親が許されたのは、シンシアを妊娠していたからだという話を思い出す。あれはきっと、産んだ子どもがユリウスの子ではなく、父親の子だということを疑われないために、わざと流された話だったに違いない。

「私はシャロンと別れ、君が誕生する前にラインダースに戻って王位を継ぎ、別の女性を正妃に迎えた」

一番辛かった時のことを話し終えたためか、ユリウスは大きく息を吐き、玉座に背中を預けた。

「それからはがむしゃらに国を治めることに邁進した。第一王子と側室、その背後にいた侯爵家を追い落とし、王位を確かなものとした後も、処罰を免れた第一王子派……今は反国王派と呼ばれる連中が、時折反乱を起こしてくれたからな。問題が次から次へと起こり、対処に明け暮れているうちにあっという間に時が過ぎていた。その間にシャロンが亡くなった。私はまたしても彼女のために何もしてやることができなかった……何も」

「陛下……」

苦悩の感じられる声音だった。ユリウスは別れてもずっとシンシアの母親を愛し続けていたのだろう。

――そしてお母様も、きっと……。

「君のことも心配だった。だが、私は君のことに関して干渉はできない。君の婚約者であるユーディアスを通じて君の近況を知るくらいが関の山だった」

「ユーディアス様が……？」

「ああ、彼は父親の跡を継ぐべく外務省に入ったからね。仕事としてならラインダースを訪れても疑われることはない。彼は頻繁に訪れて、君のことを報告してくれたよ。結婚したら君をこの国に連れてきて、こっそり会わせると約束してくれた」

ああ、何ということだろう。ユーディアスはシンシアが知らない間に彼女のためを思って色々行動してくれていたのだ。

——それなのに、私はユーディアス様を信じることができず、お父様たちの嘘に騙されて……。ああ……！

シンシアは自分を恥じた。ユーディアスがあれほど怒りを露わにしたのも当然だ。彼の厚意も無にしてしまったのだから。

「今にして思えば、ユーディアスは君の本当の父親である私を懐柔するのが狙いだったのかもしれないがな」

ユリウスは急ににやりと笑った。

「君は大変面倒くさい男を引き当てたと思う。……いや、だからこそシャロンのお眼鏡にかなったのだろうな。利用できるものはすべて利用し、いつの間にか自分に利があるようにするのだから、外交相手としてもっとも手ごわい相手だ。今回のことも彼に任せておけば大丈夫だと思ったが……私が今になってこうしてしゃしゃり出てきたのは、ここ最近君の周りで起きたことのほとんどが私に原因があると思われるからだ」

「陛下……いえ、お父様に？」

「そうだ。オルカーニ伯爵などという下種な男が君に近づいたのも、私が原因だろう」

玉座の上でユリウスは姿勢を正した。

「先ほど言ったように、君の存在は徹底的に隠されていた。あのままいけば君は普通の貴族令嬢として穏やかな人生を歩めただろうと思う。だが二年ほど前、どこからか君の話が漏れ、私に隠し子がいるという噂が流れるようになった。すぐにもみ消したが、噂話の域を出ないまでも、その後も何度か隠し子の話が出ては消えた。ただ、その時点では、それほど脅威だとは思わなかったんだ。噂に出た隠し子の性別は男だったり女だったりとはっきりしなかったし、所在もカスターニエだ、いや、国内だと、かなりいい加減な噂だったからな。念のために君を守るためにミーシャを派遣したものの、君の名前があがるはずはないと高を括っていたんだ。……事態が大きく変わったのは半年前のことだ」

「半年前？」

——確か、オルカーニ伯爵がベルクール家に出入りするようになったのも半年前のことだとリオネルは言っていたわ。

「君の存在をどういうわけか反国王派の残党が摑んでしまったんだ。やつらは君を手に入れ、次の王位につけるべく動き始めた」

「え？　私を女王に？」

ぽかんとしてシンシアはユリウスを見返す。冗談かと思ったらそうではないらしい。

「私を女王にって、そんな……サリーナ殿下がいらっしゃるじゃありませんか。それに外国育ちの娘を女王に頂くことを国民が納得するとは思えませんが……」

国王の隠し子だという事実だけでも重いのに、オルカーニ伯爵たちの目的が自分を王位につけることだったと聞かされて、シンシアは心の底から困惑していた。

「そのとおりだ。側室を持たせる動きを牽制するために、三年前にサリーナに王太子の座をすでに与えている。私の次の玉座にはサリーナか、彼女の配偶者が座ることになるだろう。だが、奴らはそこに目をつけたのだ。君を手に入れ、サリーナを始末してしまえば君の夫になった者に王座が転がり込むと考えたらしい」

「そんなばかな……」

思わず呟いてしまったが、確かに可能性はゼロではない。爵位の継承も王位の継承も男が優先だが、正妻・側室ともに男児がいない場合に限って女にも継承権が与えられる。けれど、どちらかというと王族の血を引いた男児が生まれるまでの中継ぎという意味が強い。

「……いえ、やっぱり、私が王に即位することも、私の夫がこの国の王になることも無理だと思います。だって私は公的にはベルクール伯爵令嬢ですから」

そうなのだ。ユリウスの子どもであっても、世間ではシンシアはベルクール伯爵の子どもということになっている。いくら反国王派がシンシアを国王の庶子だと主張しても、ユリウスが認めない限り、この国の貴族や国民には王族であることを騙《かた》っていると思われるだけだ。

そもそもシンシアがユリウスの子どもだという証拠はない。

「そうだな。私も君を女王にするなどというのは夢物語だと思う。私には娘しかいなくても、王族の血を引く者は他にもいるからね。だが、なぜか反国王派はシンシアを擁すれば王の座が得られると思い込んでいるのだよ。もしかしたら誰かにそう唆されているのかもしれない。少なくともユーディアスはそう考えているし、心あたりもあるようだ」

「反国王派を唆している人がいる？」

──もしかして、オルカーニ伯爵だろうか。それとも……。

ふと、なぜか脳裏に父親と継母の面影が浮かんだ。

──……まさか、ね。

あの二人はそんな大それたことをするようには見えない。そんな度胸もないように思える。……けれど、彼らがシンシアとユーディアスの婚約を壊そうとしたのは確かだ。

──オルカーニ伯爵がベルクール家に近づいたのではなくて、お父様やお義母様の方から近づいていったのだとしたら……。

「そういえば、ユーディアスと言えば、君にはまだ報告していなかったな」

ユリウスの口から出た最愛の人の名前に、シンシアの思考は中断された。ハッとしたようにユリウスを見る。

「ユーディアス様がどうかされたのですか？　まさか……」

オルカーニ伯爵の私兵に囲まれていた屋敷のことを思い出し、最悪の想像が頭を過る。

ユーディアスの安否を尋ねるつもりで王城まで来たのに、ユリウスが実の父親だと知り、頭の中から聞くべきことが吹き飛んでしまっていたのだ。

「ユーディアス様はご無事ですか？　どこか怪我でもしていたら……！」

「落ち着きなさい、シンシア。ユーディアスは無事だ。君たちがラインダースに向けて出発して間もなくオルカーニ伯爵の私兵を制圧し、今は捕まえた伯爵と私兵たちをカスターニエの王都に輸送している最中らしい。屋敷の者も全員無事だそうだ」

「よかった……！」

シンシアは深い安堵の息を吐いた。

——ユーディアス様もフローラもみんな無事でよかった……。

ユリウスは、くくくっと実に楽しそうに笑った。

「あらかじめ、襲撃があるのを予想していたからな。待ち構えて一網打尽にしたそうだ。おかげで私の方もこれを口実に反国王派の残党を一掃できる」

「え？　それはどういう意味ですか？」

ユーディアスが襲撃を予想していたというのは本人の口から聞いて知っている。けれど、オルカーニ伯爵と彼の私兵が捕まったことが、どうして反国王派のことに繋がるのかわからなかった。

「実はな。オルカーニ伯爵が率いていた兵の大半がラインダース軍の兵士だったのだよ。軍の指揮官の中に反国王派がまぎれ込んでいて、勝手に兵を動かし国境を越えて君を拉致しようとしていたんだ。だから私とユーディアスはそれを逆手に取ることにした。わざと国境を越えるのを見逃して他国で問題を起こさせ、それを理由に反国王派を一掃する作戦だ。カスターニエの方もオルカーニ伯爵を、他国の兵を引き入れてセルディィエ侯爵家を襲わせた罪で捕縛することができる。どちらにも利のある作戦だったんだ」

そのため、わざとユーディアスは国境に近いセルディィエ侯爵領にシンシアを連れていったのだという。

——要するに私は囮《おとり》のようなものだったのね。

シンシアの口元に苦笑いが浮かんだ。だが、別に傷ついたわけではない。ユーディアスが最大限、彼女の身の安全を考えてくれたことはわかっているからだ。

「おかげで当面の脅威は去った。君がもう反国王派に狙われることはないだろう」

「はい。安堵いたしました」

「事件の処理が終わり次第、ユーディアスが君を迎えに来ることになっている。それまで王城にのんびり滞在するといい」

「何から何までありがとうございます。陛下」

「……陛下という言い方にすっかり戻ってしまったんだね」

残念そうにぼやくユリウスに、シンシアは思わず笑った。

「私はカスターニエのベルクール伯爵令嬢です。その私が『お父様』などと呼んだら、大問題ですから」

「それはそうだが……」

「その代わり、誰もいないところでは『お父様』と呼ばせていただきます。……だめですか？」

面はゆい気持ちになりながら尋ねると、ユリウスは相好を崩した。

「いいに決まっているじゃないか、シンシア」


シンシアは「サリーナ王女の招きで滞在しているセルディエ侯爵の婚約者」という立場でラインダースの王城に滞在することになった。

ユリウスは王として忙しいため、シンシアと多く過ごすのは自然と正妃のサラとサリーナ王女ということになる。

「ユーディアスがラインダースに来るたびにあなたのことを聞いていたの。でも他人に聞こえないところで話す機会は限られていて……だからダンスの時に聞いていたのよ。おかげで妙な噂を立てられてしまって……誤算だったわ」

サリーナは本当にうんざりしたように顔を顰めた。サラが口を挟む。

「立て続けに三曲も踊るからよ。王女であるあなたが誰をダンスの相手に選ぶか貴族たちは興味津々なのだから、もう少し気をつけるべきだったわ」

「だって、機会を逃したら次にいつ話を聞けるかわからないじゃないの、お母様。とにかく、わたくしとユーディアスはなんでもないので、誤解しないようにね、シンシア」

「は、はい」

いつだったか、サリーナ王女とユーディアスが三曲続けて踊ったという話をレニエに教えてもらった時は心を痛めたものだったが、噂の真相などこんなものである。

サリーナはとにかく明るくて闊達《かったつ》な王女だった。好奇心旺盛で色々なことを知りたがり、首も突っ込みたがる。かといって我がままというわけではなく、王女として場をちゃんと弁えられる人物だ。朗らかな人柄で誰からも愛されており、王城に仕える者や国民たちからも絶大な人気がある。

おしゃれは大好きだが、過度に着飾ったりはしない。必要なものを必要なだけ購入し、それを無駄にはしない。自分が使うのは民の血税だということを自覚しているのだ。

異母妹のレニエとサリーナは同じ歳のはずだが、こうも違うものかとシンシアは会うたびに驚かされた。

　正妃のサラは穏やかな性格で、癒やしの王妃として皆に慕われている。ユリウスの戴冠時から彼を支えてきたサラは、正妃としても優秀で頭の回転も速く、重大な局面でも彼女の一言で物事が決まるということも珍しくないらしい。先走りがちの夫や娘を諫める場面も多く、淑女の鑑として誰からも好かれていた。

　そこにユリウスが加われば、賑やかな家族の出来上がりだ。三人の会話を聞いていると「家族」とはこういうものかと、シンシアはいつも新鮮な気持ちになるのだった。

　どこか歪だったベルクール家の「家族」とは違う。サラもユリウスもサリーナを娘としても王女としても尊重している。悪いところがあれば注意をするし、どこがだめなのか彼女が納得するまで説明するのだ。

　ただただレニエを甘やかしてばかりだった父親や継母とは大違いだ。

　そして一番異なる点は、シンシアを家族の輪に入れてくれることだ。ユリウスもサラもサリーナも、さりげなくシンシアを会話に引き込み、決して疎外感を抱かせることはなかった。

　それがシンシアには不思議だった。

　――正妃様もサリーナ殿下もどうして私にこんなによくしてくださるのかしら。

　父親の隠し子を受け入れるのは、普通は難しいのではないだろうか。現にシンシアもレニエとリオネルの存在を知って複雑な気持ちになったものだ。

それなのにサラとサリーナは初対面からシンシアを快く受け入れてくれている。

「もちろん、複雑な気持ちになったこともあるわ。父親が母親以外の女性を愛していて、子どもまでいるとあればね」

サリーナ王女は屈託なく答えた。

「でもお父様を見ていて気づいたの。お父様は確かにあなたのお母様を愛しているし、子どもであるシンシアのことも愛している。もちろん、私のお母様のことも大切にしていて、わたくしのことも愛してくださるわ。でも、お父様の一番はいつだって国なの。ラインダースという国に愛を捧げているのよ。それ以外は全部二の次、三の次よ。そう悟ったら、あなたたち母娘に対するわだかまりが消えてなくなったわ。むしろ興味が湧いたし、あなたのことも知りたくなった。だってわたくしのお姉様ですもの」

サリーナはいたずらっぽく付け加えた。

「本音を言うとね、わたくし、ずっと姉妹が欲しかったの」

サラは少し理由が異なるようだった。

「私と陛下に恋愛感情はないの。もちろん夫としても王としても尊敬しているし家族としての情はあるけれど。そうね、私と陛下はどちらかといえば戦友のような関係ね。国を安定させるために戦う同志よ。それに結婚する前から陛下はあなたやシャロン様のことを教えてくださっていたから、私はお二人との関係を含めて陛下という人間を捉えているの」

どういうことかとシンシアが首を傾げると、サラは鈴を転がすような声で笑った。

「わかりづらいでしょうけど、お二人とのことは今の陛下を形成する上でとても重要な役割を果たしているのよ。陛下は王になるためにシャロン様とあなたを捨てたと考えていて、そのことにとても罪悪感を覚えているの。あなた方を犠牲にして得た王という地位を、歯を食いしばりながら維持している。慢心もせず、常に国のことを考えていらっしゃる。陛下は私とではなく、国と結婚しているようなものね。私はそういう陛下を尊敬しているわ。だから今の陛下を形成しているあなたを、私が受け入れないわけがないのよ」

恋愛でも同情でもない不思議な関係。それも愛なのかもしれないとシンシアは思う。

――私とユーディアス様はどうなのかしら？

以前は一方的にシンシアが依存するだけだった。でも今は少し違う。彼がいないと生きていけないと思うことは変わらないが、ただひたすらユーディアスを盲愛するのとは少し違ってきているのも確かだった。

＊＊＊

ユーディアスがシンシアを迎えに来たのは、彼女がラインダースの王城で生活を始めてから一か月近くが経った頃だった。

「元気そうでよかった。シンシア」

「ユーディアス様！」

ユリウスに呼ばれた執務室でユーディアスを見た瞬間、シンシアは彼の胸に飛び込んでいた。

「ご無事でよかった……！」

怪我一つしていないとは聞いていたが、自分の目で確かめてようやくシンシアは安堵することができた。

「大丈夫だって言っただろう？　それよりたいした説明もしないままラインダースに送り込んですまなかった。驚いただろう？　傍にいてあげられたらよかったんだけど」

ユーディアスはシンシアの頬や額にキスの雨を降らせる。それをくすぐったい思いで受け入れながら、シンシアは彼が自分の手元に戻ってきてくれたことに感謝するのだった。

――やっぱりユーディアス様の腕の中が一番安心できる……。

「いいえ。ユーディアス様はできる限りのことをしてくださったわ」

「あー、ごほん。ごほん」

わざとらしく咳をしたのはユリウスだ。彼はシンシアたちの視線を引きつけると、思いっきり顔を顰めた。

「まったく、よくも父親の目の前で娘とイチャイチャできるものだ。腹が立ってくるのでやめたまえ。せめて私のいないところでやれ」

「ええ、ではそうしましょう。あなたのいないところで存分にシンシアを抱きしめさせていただきます」

ユーディアスはシンシアから手を放すとサラリと言い返す。ユリウスはますます顔を顰めたが、そんなことをしている場合ではないと我に返ったようだ。

「それよりシンシア。ユーディアスが君をカスターニエに連れて帰りたいそうだ。私としてはいつまでもラインダースにいてくれても構わないが……」

「ユーディアス様と一緒に帰ります」

「そうか……」

シンシアが即答すると、ユリウスはがくっとうなだれた。ユリウスとサラとサリーナのもとで暮らす生活はとても楽しかったし穏やかだった。けれど、シンシアはあくまで「ユーディアスの婚約者」として一時的に身を寄せていただけだ。ずっとここにいられないのは最初からわかっていた。

「陛下……いえ、お父様、ありがとうございました。この一か月間、一緒にいられて、とても幸せでした。でも私はカスターニエに帰らないと。あそこが私の国ですから」

長く滞在すればするほどシンシアがユリウスの隠し子だと発覚する可能性が高くなる。

ユリウスの治世をこのまま盤石なものにしていくためには、シンシアは不要なのだ。

ユリウスは深いため息をついた。

「そうか。そうだな。君の言うとおりだ。寂しい限りだが、仕方ない。ユーディアス、シンシアを連れてまた遊びにきてくれ。いつでも歓迎する」

「もちろんですとも」

ユリウスはユーディアスの返答に満足したようで、少し機嫌が直ったようだった。

その後、話し合いがあるとかでユーディアスとともに執務室にこもってしまったので、シンシアは世話になったサラとサリーナに挨拶に向かった。

「帰ってしまうのね。寂しくなるわ。でもまた来てくださるんでしょう？　ユーディアスと一緒に」

「今度この国を訪れる時、シンシアはきっとセルディィエ侯爵と結婚しているのでしょうね。でもその方が婚約者という身よりもここを訪れやすいと思うわ」

サラとサリーナはユーディアスが来たことをすでに知っていたようで、開口一番そう言った。

「は、はい。お二人にもとてもお世話になりました。このご恩は忘れません」

結婚という言葉に少し戸惑いながらシンシアは挨拶をした。

——結婚。

ユーディアスからもそのつもりだと言われて、承諾していたにもかかわらず、シンシアには迷いが生じていた。

前のように、彼にふさわしくないとかそういうこととはまた異なる理由でだ。

——今回は無事に解決したとはいえ、これ以降も同じことが起こるかもしれないわ。複雑な出自を持つ私の人生に、これ以上ユーディアス様を巻き込んでいいものかしら？

現に、今回もユーディアスは相当無茶をしたと聞く。シンシアをオルカーニ伯爵の息のかかったならず者たちから救い、軍の精鋭部隊が守っていたとはいえ、屋敷を襲撃された。

これもすべてシンシアがユリウスの娘だったからだ。もし自分が本当に今まで信じていた「新興貴族の令嬢」だったなら、もっと平穏無事な人生を歩めただろう。でもシンシアは自分の出自を知ってしまった。

ユーディアスと離れたくない。けれど、彼の人生を思えばシンシアは離れた方がいいのかもしれない。

そんなことを考えてシンシアの心は袋小路に入り込んでいた。


「ようやく二人になれたね」

帰国が決まり、その準備や手配に追われていたユーディアスとシンシアが二人きりになれたのは出発の前の日の夜だった。

ユリウスがささやかな宴会を開いてくれて、ユーディアスと参加した帰りのことだ。帰りと言っても、王城内にあるシンシアの部屋に送り届けるまでのことで、あっという間にたどり着いてしまう距離だ。

「少し夜の散歩をしないかい？　警備の問題があるから、それほど遠くに行くわけにはいかないが、中庭くらいなら許されるだろう」

「はい」

シンシアは一も二もなく承諾した。ユーディアスに尋ねたいことがあったからだ。

二人は月明かりと外灯がほんのり照らすひと気のない小さな中庭に下りると、並んでベンチに腰を下ろした。

——セルディエ侯爵邸の中庭のことを思い出すわ。

月に一度訪れていた王都のセルディエ侯爵の屋敷で、二人はよくこうして中庭のベンチに座って時を過ごしていた。王城に負けず劣らず美しい中庭で過ごすひと時はシンシアにとって大切な時間だった。

懐かしい思い出に浸りたかったが、今はその時ではない。

シンシアは意を決して口を開いた。

「ユーディアス様。お尋ねしたいことがあるのです。私の母とユリウス陛下のことは陛下の口から聞きました。けれど、陛下と別れた後のお母様のことは聞けなかった……。帰国していたのだから当然でしょう。だから、もし……ユーディアス様がご存じなら、教えてください」

　ユリウスはかつて言っていた。シャロンの妊娠が発覚した後、話し合いがもたれて「シャロンには妊娠が周囲に発覚する前に夫があてがわれることとなった」と。

「私の母シャロンと今のお父様……ベルクール伯爵の結婚は、私の実の父親がユリウス陛下だと発覚しないためのものだったのですね？」

　確信を持って尋ねると、ユーディアスは小さく息を吐いて、頷いた。

「そうだ。シャロン様とベルクール伯爵の結婚は契約結婚だった。世間で言われているような、シャロン様がベルクール伯爵を見初めたという話は、結婚前に身ごもっていたことをごまかし、なおかつ、二人の結婚に信憑性を与えるためにわざと流された話だった」

「やっぱり、そうだったのですね……」

　父親は最初からシンシアが自分の子どもではないことを知っていた。契約結婚をして、シンシアの「父親」になったが、別に愛する必要はない。そういうことだったのだろう。

「わざわざ偽装結婚までして君の出自を隠したのは、シャロン様が君を自分の手で育てたいと望んだからだ。でなければひっそりと産んでその子をどこかの貴族に養子に出せばすむことだ。でもそれをシャロン様は拒否した。愛する人の子どもを手元で育てたいと考えたのだろう。国王陛下も当時のフォーセルナム侯爵夫妻もその願いを無下にすることはできなかった。そこで、夫をあてがうことにしたんだ。白羽の矢が立ったのがベルクール伯爵だ」

ユーディアスは急に顔を顰めた。

「急いで夫を探さなければならなかったとはいえ、僕がまだ子どもでなければベルクール伯爵など選ばせなかっただろうにと思うよ。あの男は当時男爵家を継いだばかりで、その男爵家も没落寸前。先代の男爵が事業に失敗したせいで、多額の借金を抱えていたんだ。土地を売り、屋敷を売り、残っているのは役に立たない爵位と買い手がつかなかった倒産寸前の投資会社だけ。本人にも会社を再建する気力も能力もない。このままいけばいずれ破産し、平民にも劣る生活を送ることになるのは避けられなかった。それを不憫に思ったのだろう。先代男爵と親交のあった、とある子爵が見かねてフォーセルナム侯爵に相談したのが始まりだ」

その子爵もフォーセルナム侯爵に援助をして欲しいと言ってきたわけではない。破産は避けられなかったので、せめて良い働き口をと考えたに過ぎない。当時フォーセルナム侯爵はやめた執事の代わりを探していたので、彼を雇ってみてはどうかと斡旋にきただけなのだ。

一方、フォーセルナム侯爵は娘の夫になってくれる相手を探していた。彼にしてみればちょうどよかったといったところだろう。

　会ってみれば男爵は容姿は悪くなかったし、人格に問題はなかった。娘に会わせてみたら、互いの感触も悪くなかった。

「言ってみれば夫を金で買ったようなものだね。借金を肩代わりし、事業も資金をつぎ込んで立て直してやった。そこまでしてやれば彼は娘と自分に感謝して孫の親をしっかり務めてくれるだろうと踏んだんだ。事実、最初はうまくいっていた。シャロン様が亡くなるまでは、僕の両親も国王陛下たちもそう思っていた。けれど、結果は君もよく知ってのとおりだ」

　ベルクール伯爵は陰で愛人を作り、子どもまで産ませていた。それはもしかしたら、自分を侮り、利用してきたフォーセルナム侯爵家とシャロンへの意趣返しだったのかもしれない。

「彼が愛人と再婚したと知って、僕の父も今のフォーセルナム侯爵夫妻も、国王陛下たちも慌てて君を引き取ろうとしたんだ。愛人の子どもと一緒に暮らすのがいいことだとは思えなかったから。けれどそれはベルクール伯爵に拒否された。『一緒に暮らしてきた大切な自分の娘だ。新しい妻と一緒に実子同然に立派に育てる！』と涙ながらに言われてね。無理やり引き離されたと吹聴されても困るから手を引くしかなかった。君が社交界デビューできる年齢になれば結婚という形で君をあの家族から引き離せるという油断もあったと思う。……その結果、君は表に出ないところで辛い日々を送ることになってしまった」

父親と継母は巧みだった。虐待をせず世話もきちんとしているように見せかけて、じわりじわりとシンシアを精神的な孤独に追い込んでいった。

「君が僕やフォーセルナム侯爵夫妻の前で平気を装っていたことも悪手だったと思うよ。ようやく気づいた時には君はすっかり彼らに押さえつけられ、委縮してしまっていた。僕は君が社交界デビューをしたらすぐに結婚して、彼らから引き離すつもりだったんだが……慌てた彼らに先手を打たれてしまった」

それが婚約破棄の騒動だったのだ。

両親の結婚の顛末はわかったが、いまひとつシンシアにはわからないことがある。

「お父様たちはどうして私の結婚を阻止しようとしたのですか？　私がベルクール伯爵家からいなくなったらお父様やお義母様、そしてレニエも喜びそうなものだけど……」

どうしてユーディアスとの結婚を何が何でも阻止したかったのか今もって理解できない。侯爵家と縁を繋ぐことは彼らにとっても利があることだったのに。

侯爵家との結婚は阻んでおきながら、一方ではオルカーニ伯爵と強引に結婚させようとしていた。訳がわからない。

「君は知らないから、不思議に思うのも無理はないだろう。彼らが僕らの結婚を阻んだ理由の一つはお金だと思う。君は不思議に思ったことはないかい？　小さな事業から得られる金などたいした金額じゃないのに、領地も持っていないベルクール伯爵家がどうしてああも贅沢ができているのかと」

　不意をつかれてシンシアは目を何度も瞬かせた。

「……そういえばそうね。当たり前に生活できていたので考えたこともなかった」

　ベルクール伯爵家に領地はない。あるのは爵位と父親の小さな会社だけ。それだけではとても使用人を雇って屋敷を維持することなどできないし、継母とレニエの浪費を賄うことも不可能だろう。

「理由は簡単だ。シャロン様が結婚するにあたって、先代のフォーセルナム侯爵が娘と孫の生活のために、自分の領地から得られる税収の一部をベルクール伯爵家が受け取れるようにしたんだ。かなりの額のお金が毎年君の家に舞い込んできていたはずだ」

「え？　は、初めて聞きました。そんなこと」

　シンシアの目が大きく見開かれた。ユーディアスがそうだろうと頷く。

「だと思った。彼らは君に何も告げず、本来だったら君のために使われるべきお金を自分たちの好きに使っていた。つまり着服だ。働きもしないで、いくらでも金が使えるんだ。さぞ魅力的だっただろう。再婚した時に君を手放すのを拒否したのは、そのお金を失いたくなかったからだと僕は思っている。お金はシャロン様が生きていればシャロン様が、彼女が亡くなった後は君個人に贈られていた。その君が結婚したり、別の家に引き取られたらお金が手に入らなくなってしまう。だから――」

「ああ、だから、お父様たちは婚約破棄をされたなどと嘘をついたのね。私が結婚したらお金を失うから……」

両手に顔を埋めてシンシアは呟いた。

――お父様やお義母様たちにとって私は単なる金を得る道具でしかなかった……。だから私が苦しむことを知っていながら、騙して結婚させまいと……ああ！

家族だと思っていた人たちが、自分を通してお金のことしか見ていなかったのだと知り、シンシアは深く傷ついていた。

「お金の他にもう一つ理由がある。こちらの方がたぶん重大なのだろうがそんなのはクソ食らえだ。ああ、シンシア。彼らは君の家族じゃない。間違わないで。君の家族は僕だ」

ユーディアスが手を伸ばしてシンシアを抱きしめた。

「こんなに君を傷つけて……許せないし、許すつもりもない。報いは必ず受けさせる。……シンシア。カスターニエに戻ったらすぐに結婚しよう。結婚すれば彼らは君の後見人としての権利を失う。もう君は彼らに振り回されなくてすむ」

――結婚……。

シンシアは身を固くし、ユーディアスを見上げた。

「……ユーディアス様は私でいいの？　私がユリウス陛下の娘だということは一生変わらない。ずっとあなたに重荷を背負わせてしまうことになる。私は——んっ、んんっ」

いきなりユーディアスの唇に塞がれて声が出なくなった。

するりと唇を割ってユーディアスの舌が咥内に入り込んでくる。シンシアの舌と絡み合い、唾液が溢れた。

「ふ、ぁ、ん、ぁ、はぁ、ふ、ぅ……」

咥内を我が物顔で蹂躙するユーディアスの舌と唇の動きに、頭の芯がぼうっとしてきて、シンシアは言うべきことを忘れた。

やがて顔をあげたユーディアスは、息が触れあうくらい間近からシンシアを見おろして囁いた。

「君の頭の中でまた結婚できない理由を捻り出していたみたいだね。思い込みから自己完結してしまうのは君の悪い癖だ。結婚したら早々に改めさせないといけないな」

「ユーディアス様、私は……」

「僕は君との結婚を重荷だと思ったことはないし、背負わされているとも思わない。君がユリウス陛下の子どもであるかどうかは関係ないんだ。僕が結婚したいのは、王女でも伯爵令嬢でもなく、君の素性を知るずっと前に守ると誓った女の子だ」

「ユーディアス様……」

シンシアの目から涙が溢れて、頬を伝う。

「君はふさわしくないとか、僕のために結婚しないと言うけれど、僕の幸せは君と一緒になること。君と一緒に生きることだ。僕の幸せを思っているのなら、君は僕と結婚するべきだ。……違うかい？」

シンシアの頬にさらに涙が零れ落ちていく。答えたいのに喉がつまって声が出せなかった。

ユーディアスはそんなシンシアの、涙に濡れた頬にキスをする。

「声が出ないなら、頷くだけでいい。――シンシア。僕と結婚して欲しい。新しい家族を作ろう」

不意にシンシアの脳裏にアガサの言葉が蘇った。

『いいかい、シンシア。生きること、幸せになることを諦めちゃだめだ。あんたが不幸になれば悲しむ人間がいるってことを忘れちゃいけないよ』

目を閉じて彼女の面影とともに涙を振り払う。

――幸せになることを諦めたくない。ユーディアス様がそれを望んでいるのであれば、私はそれに報いたい。

今こそ不安や恐れを捨てて、一歩前に進むときだ。

「……は……い……結婚します。ユーディアス様と一緒に生きていきたいです」

シンシアは目を開け、しっかりと頷いて言った。

「ありがとう、シンシア。絶対に君を幸せにする」

ユーディアスが微笑んで、シンシアを見おろす。二人はどちらともなく頬を寄せ合い、唇を合わせた。

二人の頭上では、空一面に星が瞬いていた――。

第6章　あるべき場所へ

「また来てね！　絶対よ！」

「ユーディアス、シンシアを頼むぞ」

次の日、シンシアとユーディアスはユリウスたちに見送られてラインダースを後にした。

「ミーシャはラインダースに留まらなくてよかったの？」

シンシアとユーディアスが乗る馬車には二人の他にミーシャの姿がある。ミーシャも引き続きシンシアの侍女として仕えることになっていた。

「はい。私はシンシアお嬢様の侍女ですから。それに私は孤児で、ラインダースに家族がいるわけじゃありませんから」

ミーシャの両親は反国王派が引き起こした反乱に運悪く巻きこまれて命を落とし、彼女は孤児となっていた。その地を視察に訪れたユリウスはたまたまミーシャと出会い、彼女の話を聞いて、自活できるようにと王城に引き取ったのだ。

「王城で身元引受人になってくれたのが、引退した軍人でして。私はそこで剣を習いました」

預けられた先でミーシャは今度は大切な人を守れるようにと剣を習い、護衛兼侍女として城で働くことになったのだと言う。

シンシアを守るにあたり彼女が選ばれたのは、ユリウスに忠誠を誓っていたことと、普通の侍女にしか見えないのに剣の腕が立つからだった。

「陛下の命令はまだ撤回されておりません。引き続き守れということです」

どうやらユリウスの「シンシアを守れ」という命令は続いているらしい。ミーシャと別れることを考えると寂しかったので、シンシアは喜んだ。

三日かけてセルディィエ侯爵領に戻った三人は、フローラたちと再会を喜び合い、さらに三日かけて王都に戻った。

王都に入ったシンシアは、ベルクール伯爵家には向かわず、まっすぐそのままセルディィエ侯爵邸に入った。これはもちろんユーディアスが帰らせなかったせいだが、シンシア自身も家に帰りたいと思わなかったことも大きい。

家族になりたいと願ってきた人たちが自分を単なる金を得る手段としか見ていなかったと知って、シンシアはとても傷ついていた。

唯一よくしてくれたリオネルを除いて、もう今までのように接することはできないだろう。顔を合わせたいとも思わなかった。

『彼らのことはもう気にしなくていい。これからここが君の家だ。……おかえり、シンシア』

『おかえりなさいませ、シンシア様』

『お嬢様が植えられたお花、今年もまた咲きましたよ！』

二年ぶりに訪れたセルディエ侯爵家の屋敷では顔なじみの使用人たちに温かく迎えられ、シンシアはまた泣いてしまった。

シンシアがラインダースにいる間に、捕まったオルカーニ伯爵は牢獄に収監され、今は裁判を待っているところだという。余罪がたくさんあるので、運よく死刑を免れたとしても一生牢獄から出ることはないだろうという話だ。

オルカーニ伯爵の私兵となっていたラインダースの兵たちは本国に送還された。そこで相当厳しい罰が下されるだろう。

「ユリウス陛下は君を害そうとした彼らを許すことはないだろうね」

そしてベルクール伯爵夫妻やレニエも、オルカーニ伯爵に関連して厳しい取り調べを受けたという。

「本人たちは自分たちは無関係だと主張している。残念なことにベルクール伯爵夫妻はオルカーニ伯爵の武器の売買に関わっていたわけではないようで、今回のことで収監とまではいかないようだ。ただ無罪放免にもならないので、今は謹慎を命じられて、屋敷から出さない措置が取られている。もちろんレニエもだ。もし命令を破って屋敷から出たら、オルカーニ伯爵の共犯者として捕縛されることになっている」

「そういえば、レニエの社交界デビューは？　確か先々週に……」

そもそもシンシアが呼び戻されたのはレニエの社交界デビューのためだ。そして王宮主催の舞踏会は先々週に行われる予定だったはずだ。

ユーディアスは肩を竦めた。

「もちろん、参加できるわけがない」

「そう……レニエたちはさぞがっかりしているでしょうね」

継母とレニエは社交界デビューに並々ならぬ情熱を注いでいた。自業自得とはいえ参加できないと知ったら、さぞ家の中で荒れただろう。

「ところで、お父様たちとレニエはともかく、リオネルは？　あの子は両親の陰謀には加担してないと思うわ。むしろ私を色々と助けてくれたの」

シンシアが気になったのはリオネルだ。彼が父親と継母のとばっちりを受けて尋問されたかもしれないと思うとシンシアはいてもたってもいられなかった。

「ああ、あのガ……いや、君の異母弟はずっと学園にいたし、無関係なのははっきりしている。君が攫われそうになっていることを教えてくれたのも彼だしね。咎はないよ」

「そういえば前にならず者に襲われそうになった時にリオネルが教えてくれたって言っていたわね。でもあの子だって学園にいたのに、どうして私の危機がわかったのかしら？」

「ベルクール伯爵家には彼の指示どおりに動く使用人が何人もいる。彼らは家の中で何かあるたびにリオネルに知らせ、彼の意のまま手足のように動くそうだ」

「まぁ……」

だが、それほど驚くことではない。リオネルは使用人にとても慕われている。反対に継母は何かあるたびに使用人にあたるし、レニエは気に入った者とそうでない者への態度の差が激しいので、使用人たちにもそれほど好かれていないようだ。

「リオネルには家に戻らずに学園に留まり続けるように伝えてある。賢い彼のことだ。絶対家には近づかないだろう」

「リオネルが無関係とわかってよかったわ……」

シンシアはホッと安堵の息をついた。家族の中で唯一心を許していたリオネルが両親の陰謀に加担していたとなったら、シンシアは立ち直れないくらい傷ついていただろう。

「彼のことは心配いらない。君はただ、目の前の結婚式のことだけ考えていればいい」

「そうね。やることはたくさんあるし……」

驚くことに、シンシアとユーディアスは半月後に結婚式を挙げることになっていた。貴族の結婚は決めたらすぐにできるものではなく、準備にも時間がかかる。だから、少なくとも半年は先だろうとシンシアは考えていたのだ。

　ところがユーディアスはかなり前から準備を進めていたらしい。それも夜会で再会するもっと前からだ。

「僕は絶対君と結婚すると決めていたからね。二年間も準備をする時間があったんだ。一番大変だと思われた君の同意を得ることがクリアできたら、あとは式を挙げるだけさ」

　ユーディアスの性急さに呆れたものの、本来ならとっくに結婚していたと言われれば文句は言えなかった。それになんだかんだ言ってもユーディアスと結婚するのはシンシアの夢だったのだ。

　ミーシャやセルディィエ侯爵家の使用人たちと大騒ぎをしながら式の準備を進め、帰国から半月後、シンシアは王都で一番豪華で立派な教会の祭壇の前にユーディアスと並んで立っていた。

　参列者は驚くほど多く、しかも豪華な顔ぶれだった。公爵家の当主たちを筆頭に、五大侯爵家も全員参加していた。静養中の前セルディィエ侯爵も駆けつけ、息子夫婦を祝った。フォーセルナム侯爵夫妻にも久しぶりに会うことができた。

　何より驚いたのは、ラインダース王ユリウスの名代としてサリーナが来ていたことだ。サリーナはカスターニエの第二王子にエスコートされて現れ、式の前に参列者の注目を一身に浴びていた。

けれど、参列者がサリーナを見ていたのは、純白の花嫁衣装を身に着けたシンシアが、カスターニエ国王にエスコートされて入場するまでだった。

「まぁ……」

感嘆の声がさざ波のように広がる。

オフホワイトの最高級の絹で織られ、技巧を凝らした刺繍の施されたウェディングドレスは息を呑むほど美しかった。

花嫁の後に続いたのは可愛らしいドレスを来た十歳ほどの女の子たちだ。長いヴェールの端を持ち、シンシアの歩みに合わせて絨毯の敷かれた道を進んでいく。

美しく愛らしいのはヴェールを摑んでいる少女だけではない。透き通ったヴェールに覆われている花嫁の髪の色は王家の色である光沢のある銅色で、今は伏せられている瞳は宝石のように美しい緑色であることが花嫁の親族であるフォーセルナム侯爵夫妻から伝えられている。

銅色の髪と緑色の瞳は王族によく現れる色で、花嫁に腕を取られて絨毯を進む壮年の男性もまた銅色の髪と緑色の瞳を持つ者だった。

花嫁の顔立ちは今は亡き「社交界の華」と呼ばれたシャロン・フォーセルナム侯爵令嬢ととてもよく似ている。シャロンをよく知っている貴族の婦人たちは、花嫁を見て美しく聡明だった彼女を思い出して目を潤ませた。

全員が見守る中を、花嫁がしずしずと進んでいく。祭壇の下で待つ花婿のもとへと。

祭壇の下で司祭とともに花嫁を待つ花婿も、注目の的だ。均整のとれた身体を包む黒の礼服姿は女性であれば誰もがハッとさせられるほど魅力的だった。

ユーディアス・セルディィエ侯爵は若い令嬢たちの憧れを一身に受けている身だ。それゆえ今日の結婚式のことを知り、嘆いて寝込んでしまった女性も多かった。その女性たちはのちにまた別の涙を流すことになったと聞く。セルディィエ侯爵のまばゆいばかりの男性美に溢れた晴れ姿を、この目で見ることができなかった故の後悔の涙だった。

人々が固唾を呑んで見守る中、シンシアは転ばず前に進むことだけを考えていた。

――まさか花嫁の父親の代理として祭壇まで一緒に歩いてくれるのがカスターニエの国王陛下だなんて。

知った時シンシアは卒倒するかと思った。

国王のエスコートだけではない。参列者も豪華すぎて、シンシアはただ恐れおののくばかりだ。

なんとか気を取り戻すことができたのは、ユーディアスのために失敗はできないという、その一心だった。

少しずつ絨毯を進んで、ようやくシンシアはユーディアスのもとへたどり着く。国王が花嫁《シンシア》の手を取って花婿《ユーディアス》に渡しながら囁いた。

「今日のよき日をシャロンも天国で喜んでいるだろう。彼女の分まで幸せになるんだぞ。二人とも」

それは長く一緒に暮らしたベルクール伯爵よりも父親らしさに溢れた言葉だった。シンシアは涙を浮かべながら頷いた。国王とは今日が初対面のはずだが、妙に懐かしい気持ちがこみ上げるのはなぜだろうか。

「ありがとうございます、陛下」

「幸せになります。必ず」

誓うように呟くと、国王は頷いて後ろに下がっていった。

司祭がシンシアとユーディアスの名を読み上げ、お決まりの言葉を述べる。

「この二人の結婚に異議のある方はいますか？」

もちろん誰も何も言わない。国王の肝いりで式を挙げた二人の結婚に異議を述べる勇気のある者はいないだろう。

その後も式は順調に進んだ。誓いの言葉を交わし、指輪の交換をする。次に結婚宣誓書に互いに署名をした。ヴェールを外して誓いのキスをする時だけざわめきが走ったのは、そのキスが妙に長かったからだ。

もっとも、それはこの絢爛豪華な式を貶めるほどのことではない。よほど頭の固い人でなければ苦笑を浮かべて終わるだろう。

やがて長かったキスが終わり、顔を真っ赤に染めた花嫁から花婿が離れた。

誓いのキスの後は、司祭が二人の結婚を宣誓すれば式は終わり、二人は晴れて夫婦と認められることになる。

司祭が結婚宣誓書を掲げ、高らかに言葉を紡ぐ。その時に事は起こった。

「それではここに――」

「お待ちください！」

教会の礼拝堂に、警備の兵を振り切って駆け込んできた男女が声を張り上げる。

「その結婚は無効です！」

「異議ありです！　司祭様！　こんなものは認められません！」

ユーディアスの腕にとっさに庇われていたシンシアは、乱入者二人を見て唖然とした。

――お父様？　お義母様？

そう、祭壇に近づこうとして兵士に阻まれているのは紛れもなくベルクール伯爵夫妻だった。

――どうしてここに？　屋敷から出てはいけないと言われているはずでは？

「異議ありです！　この結婚は認められません！」

父親が必死の形相で訴えた。

「家長である私の許可なく結婚式を挙げるなど許されることではありません！　即刻取り消してください！」

「そうです！　主人はこの結婚を認めてはおりません。そこの親不孝者が勝手に行ったものであります！」

継母は憎々しげにシンシアを睨みつける。慌てて駆けつけてきたのだろう。髪もドレスも着崩れている。美しさを自慢にしている継母にしては酷い有様だった。

「すぐに誓いの言葉を取り消しなさい！　彼とは結婚しないと言うのよ！」

目をギラギラと輝かせて継母はシンシアに言葉で迫る。距離はあったが、シンシアを屈服させようという圧は祭壇にいるシンシアのところにまで届いていた。

継母は青い目に狂気の色を浮かべながら怒鳴った。

「いいこと？　もし結婚を取り消さなかったら、あなたの秘密を暴露してやるわ！　そうしたらすごく困るでしょう？　あなたの勝手のせいで窮地に陥るんでしょう？　それが嫌ならさっさと結婚を取り消しなさいよ！」

それは明白な脅しだった。やはり継母はシンシアの実の父親のことを知っていたのだ。シンシアの祖父である先代のフォーセルナム侯爵は、ベルクール伯爵に彼女の実の父親のことは伝えずに契約結婚させたという。つまり、彼らはシンシアの実の父親が誰なのか知る機会はなかったはずなのだ。

それなのに、いつ、どうやって知ることができたのか。

——どうしよう。もしここでお義母様が私の実の父親のことを暴露したら、お父様《ユリウス》に迷惑をかけてしまう。かといって結婚を無効になどできない。無効にしたくない。

迷っているシンシアを見て継母がにやりと笑う。脅しが効いたと思ったのだろう。

その時、シンシアを守るようにユーディアスが一歩前に出た。

「残念ですが、その秘密とやらはもう秘密ではありません。いくら脅そうと無駄ですよ。それに秘密が暴露されて、困るのはあなたたちの方だ」

パチンと扇をたたむ音が響いた。

「そうですとも。もう秘密は秘密ではありませんのよ？」

扇を手に椅子から立ち上がったのはサリーナだった。

「今日この日に合わせて我が父ラインダース国王ユリウスは全国民に向けてもう一人の隠されていた王女について公表しました。その発表を以ってシンシア・ベルクール伯爵令嬢はシンシア・ラインダース第一王女となります。まぁ、これからすぐに、降嫁したということになりますが。ちなみにこれはラインダース王家も全員承諾していることです」

「え……？」

不思議なことに会場の参列客は誰一人として驚いていなかった。驚いていたのはシンシアだけだ。……いや、正確に言えばベルクール伯爵夫妻も驚いていたのだが、シンシアの眼中に入っていなかった。

「こ、公表って……」

サリーナがシンシアににっこり笑う。

「反国王派も完全に潰れたことだし、公表しても構わなくなったの。というわけで今日から遠慮なく呼べるわね、シンシアお姉様！」

シンシアはあんぐりと口を開けた。展開についていけなかった。そんな彼女をよそにユーディアスは、今では兵に完全に取り押さえられ、動きを封じられているベルクール伯爵を冷ややかに見おろして言った。

「この結婚式は、表向きはセルディエ侯爵とシンシア・ベルクール伯爵令嬢の式だが、本当はセルディエ侯爵とシンシア・ラインダース第一王女との結婚式で、すでに主だった貴族たちへの根回しも済んでいる。秘密は秘密ではなくなったというのはそういうことだ。そして、この日この時をもってあなたからベルクール伯爵の代行権を剝奪する」

「な、なんだと!?」

ベルクール伯爵と夫人が青ざめる。

「言葉のとおりですよ。あなたはベルクール伯爵と呼ばれる権利を失った。いや……もともと伯爵でもなく、ただの代行に過ぎなかった。そして今ではその権利も失った。あなたに残っているのは土地もないただの男爵という称号のみだ」

「やめろ、やめろ、やめろ！」

絶叫が響き渡る。継母はユーディアスの代行権の剝奪宣言を聞いたとたん、大人しくなり、虚ろな目で床に座り込んでいる。

周囲はシーンと静まり返っていた。誰もが元ベルクール伯爵夫妻の様子を固唾を呑んで見守っている。そんな中、彼らに注目が集まっている隙をついて、フードを深く被り顔を隠した人影が礼拝堂に入り、参列客にまぎれ込んだことにユーディアスやシンシアはおろか、警備兵も気づくことはなかった。

「代行とは……どういうことですか？」

シンシアが震える声でユーディアスに問う。答えたのはユーディアスではなく、カスターニエ国王だった。

「その質問には私が答えよう。シャロンとシャロンの娘にふさわしい身分を与えるために、私と前フォーセルナム侯爵は既存の爵位ではなく、新しく爵位を作って叙爵させることにした。シャロンの産む子が女児であっても確実に爵位が渡るようにするためだ。従来の伯爵位では男児しか継ぐことはできなかったからな。新しく爵位を作り、特別な叙爵状を与える必要があった」

叙爵状とは王が爵位を新たに作って授与する時に書き記す、爵位の引き継ぎの範囲を定める証書だ。これに女性も相続が可能であると明記されていない限り、貴族法により爵位は男子しか継げないことになっている。

だからこそシンシアは、爵位はいずれリオネルが継ぐものと思っていたのだ。

「多くの貴族はその男が伯爵だと思っていただろうが、私が爵位を与えた相手はそこの男ではない。シャロンだ。本当のベルクール伯爵はシャロンだったんだ」

「お母様が？　お母様が伯爵だったのですか？　お父様ではなく？」

シンシアは目を見開いて国王を見つめた。国王は頷く。

「そうだ。その男は代行として伯爵を名乗っていたに過ぎない。昔はシャロンの代行として、今はシンシアの代行としてな」

このことはほとんど知られていなかったらしく、参列者からざわめきが起こった。

「わ、私の代行として？」

「そうだ。今のベルクール伯爵はお前だ、シンシア」

「私が……伯爵……？」

足がもつれそうになってふらついた。すかさずユーディアスが支える。

「驚くのも無理はないな。女性は爵位を継げないことが多いし、女伯爵自体とても珍しく、過去に数えるほどしかいない。なぜ夫ではなくシャロンに爵位を与えたのか詮索する者が出てくるのは予想できた。だから私たちは皆の関心がシャロンに向かないように、代行を立てるのがいいと判断して、その男にベルクール伯爵を名乗ることを許可したんだ」

「そう。だから、いくらその男が結婚を許可しないと言っても、彼にその権利はないんだ。シンシアの父親ですらないのだから」

ユーディアスが冷ややかに国王の言葉を継いで言った。

「しかもその男が代行を名乗れるのも、期間限定だった。シンシアが結婚するか、もしくは貴族議会に参加できる二十歳になれば代行など必要なくなる。自分が伯爵ではなく、ただの男爵に戻されると知って彼はさぞ慌てただろうな。てっきりシャロン様亡きあとは自分が爵位を相続できるものと考えていたようだからね」

国王が鼻で笑った。

「私が作成させたベルクール伯爵の叙爵状はシャロン亡きあとはその第一子に継がせるという限定したものだった。その男がいくら頑張ろうが爵位は永遠にめぐってこない。だがその男と妻はそれが不満だったのだろうな」

「……だから、私とユーディアス様の婚約を破棄させようとしたのですね。私が結婚しては困るから」

震える声で言葉を発しながらシンシアはベルクール伯爵に……いや、シンシアが結婚した今、ベルクール伯爵の代行ですらない男に視線を向ける。

「結婚すれば君の持つ権利は婚家に移る。僕がシンシアの夫になれば、絶対に伯爵を名乗らせないことがわかっていたんだ。逆に言えば爵位を譲ってくれる相手が夫になれば彼らはベルクール伯爵を名乗り続けることができる。オルカーニ伯爵はおおかた爵位をあなたに譲ると言ってその気にさせたのだろう。もしかしたらシンシアが受け取るはずの金も」

「ベルクール伯爵位は俺のものだ！　何年も我慢したんだ！」

突然、ベルクール伯爵――いや、実は男爵に過ぎない男が叫んだ。

「伯爵と言われていたのは俺だ！　俺には権利があるはずだ！　金も、地位も受け取る権利がある！」

「そんなものは初めからない。認めるわけがない。お前たちがシンシアにしたことを、私が知らないとでも思っているのか？」

国王は冷たく言うと、兵に命じた。

「連れていって牢に入れておけ。謹慎の命令を破り、あまつさえ教会に不法侵入した輩だ。多少手荒く扱っても構わん」

「はい。ほら立ち上がれ」

兵士たちが二人を拘束したまま立たせる。呆けたような継母は大人しく捕まっていたが、父親の方はなおも抵抗していた。

「放せ！　私はベルクール伯爵だぞ！　おい、放さんか！」

シンシアは兵士に拘束されながら見苦しく喚き散らす、かつて父と呼んだ男のことをじっと見つめていた。

以前はあれほど愛して欲しい、こちらを見て欲しいと願っていた相手だ。けれど、不思議なことに今はそんな思慕は消え失せ、何も感じなくなっていた。

本当の父親と対面したからだろうか。それとも、ようやく彼の本性に気づくことができたからだろうか。

今の彼女の目に映る男は、見栄っ張りで弱くて矮小《わいしょう》な、ただの中年にしか見えなかった。

やがて二人は兵士に引きずられて礼拝堂から出され、そのうち声も聞こえなくなった。

「辛かっただろう、シンシア。でももう大丈夫だ」

「ユーディアス様……」

シンシアはユーディアスに向き直る。

——だが、その隙をついてフードを被った人物がナイフを手に祭壇に駆け寄った。

「ようやく君に寄生していた連中を引き離すことができた。これで——シンシア！」

襲撃に気づいたユーディアスが声をあげる。

「え——？」

振り返ったシンシアの目に映ったのは灰色のフードを被った人物が手にしているナイフの銀色の煌めきだった。

誰も、突然起こったことに反応できなかった。ユーディアス以外は。

ユーディアスは走り寄ってくるフードの人物に気づいてシンシアを片手で抱え込み、襲い来るナイフをとっさに右手で摑んでいた。

瞬く間に噴き出した血が、礼拝堂の床にポタポタ落ちていく。

「きゃあああ！」

悲鳴があがる。それは誰かが発したものか、それとも自分の口をついて出たものか、シンシアにはわからなかった。ただただ、ユーディアスの手から零れ落ちる血を、蒼白になって見つめていた。

「……ユ、ユーディアス様、手が！」

「大丈夫だ。手のひらが少し傷ついただけだ」

とっさに摑もうとしたのはナイフを持つ手だったようだ。けれど、タイミングが少しだけ合わず、ナイフの刃がユーディアスの手のひらを傷つけた。

幸いなことに刃の一部を摑みはしたが、それ以上の被害はなかった。

「くそっ……」

襲撃犯が摑まれた手を引き離そうと悪態をつく。

少し遅れて、フードの人物に気づいた兵士が慌てて拘束し、地面に引き倒した。

「放しなさいよ！　汚い手で私に触れるな！」

暴れたせいだろうか。フードがずれ、金色の髪が零れ落ちていた。シンシアはその人物が発した声も、その黄金色の髪もよく知っていた。

「……レニエ？」

フードを被って襲いかかってきたのはレニエだったのだ。

「なぜ、あなたが……」

レニエは床に引き倒されながらもキッとシンシアを睨みつける。けれど答える声はなかった。

「彼女が黒幕だよ。シンシア」

血の滴る片手をハンカチで押さえながらユーディアスが言った。レニエがここにいることに驚いたふうではなかった。

「黒幕……って？」

「ラインダースの反国王派を唆したのも、君がユリウス陛下の隠し子だということをオルカーニ伯爵に暴露したのものね」

「うそ、レニエが？」

継母がしたのならわかるが、まだ十六歳の少女がそんな大それたことをしたと言うのだろうか。にわかには信じられなかった。

「本当だ」

ユーディアスはレニエに再び視線を戻す。

「オルカーニ伯爵が白状したよ。カスターニエでユリウス陛下の隠し子を探していた彼に

近づいてシンシアのことを教えてくれたのはレニエだったとね。ベルクール夫妻ではないそうだ。レニエに恨み言も言っていた。騙されたとね」

「……ふん、使えない男ね。そんなだから失敗するのよ」

レニエは憎々しげに吐き捨てた。その様子と言葉を聞けば、レニエが黒幕だということを信じるしかなかった。

「……そんなにシンシアが憎かったのか。自分の手で殺したいくらいに」

ユーディアスが静かに尋ねた。周囲の者たちは何も言わずにこの状況を見守っていた。国王すらも口を挟まずに静かにしている。

「はっ。当たり前じゃない！　あたしはその女とその女の母親のせいで、惨めな子ども時代を過ごしたんだから。何もかも全部あんたたちのせいだ！」

貴族然としていた仮面を脱ぎ捨て、レニエはその本性を露わにしていた。

「ベルクール伯爵令嬢になる前、あたしは周囲の人間に妾の子だとバカにされ、蔑まれて育ってきたわ。お母さん……あのアバズレはうだつのあがらない父親に愛想をつかして隠れて男漁り。あげくにあたしとリオネルを置き去りにして父親からもらった金を全部使いこんでいた。あたしたちは時には明日の食べ物さえ無い生活をしていたのよ。あんたが綺麗なドレスを着て美味しいものを食べていた時にね！　あんただってあたしと同じ父なし子のくせに、どうしてあたしだけあんな目に遭わなきゃいけないの!?」

「……なんてこと」

ベルクール伯爵は双子と継母たちをきちんと援助して、それなりの生活を送っていたとばかり思っていた。お手伝いさんがいたと聞いていたからだ。けれど、それは彼が訪れる時くらいで、たいてい継母が持ち出して使いこんでいたらしい。

「アガサおばあさんは援助してくれたけど、母親の二の舞になるなと口うるさいし、嫌いだった。いつあの家を出ていってやろうと思っていたわ。……そんな時よ。その女の母親が亡くなってお母さんが父親と再婚したのは。あたしは惨めな生活から抜け出せた。けど、あの家にはあんたがいた。『新しい家族になりましょうね』だなんて、何の苦労もしてない顔で笑っていたわ。虫唾が走るったら！」

レニエは憎々しげに吐き捨てた。観念したのか、それともシンシアに憎しみをぶつけずにはいられなかったのか、聞かれてもいないのにその口からはポロポロと言葉が飛び出す。

「あたしは絶対あんたから全部奪ってやろうと思った。あんたを家族から締め出し、あんたの金を湯水のように使ったわ。でも……」

言いながらレニエはユーディアスを見上げる。

「その男は奪えなかった。あたしの本性を知っているとばかりに蔑んで無視した。だから別の意味で奪ってやったのよ。シンシアが結婚すると知って慌てている両親を唆してね。アハハ。婚約者に見捨てられたと知った時のあんたの顔ったらなかったわ！　この世の終わりのような顔をしちゃって。お母さんが再婚してからあれが一番傑作な時間だったわね」

「レニエ……」

レニエの口から放たれる悪意ある言葉にシンシアはショックを受ける。

――そんなに私が憎かったの？　好かれていないとは思っていたけれど。まさか「お姉様」と呼ぶ陰でそんなに憎まれていたなんて。

「それで、家族ぐるみでシンシアを騙し、追い出すことに成功した。だが、それだけでは足りなかったのだな、君は」

淡々とした口調で言いながら、ユーディアスは床に倒されたレニエを見おろす。

「どういう経過だったか知らないが、君はシンシアの本当の父親がユリウス陛下であることを知った。君の父親にはシャロン様の相手は教えていなかったから、君たち母娘がシンシアの父親が誰であるか知る機会はなかったはずなのに」

つーんと顔を背け、レニエはバカにしたように笑った。

「ふん、お父さんたちはシンシアを母親《シャロン》と懇意にしていたカスターニエ国王の隠し子だとずっと思っていたみたいだけどね。でも少し頭を使えばわかることよ。一年くらい前、そのことに気づいて、あたしはシンシアからベルクール伯爵位すらも奪い尽くす手を思いついたわ。だからオルカーニ伯爵に近づいたの。ラインダースの反国王派と繋がりがあるって話だったから。あたしは彼にシンシアの素性を教えてあげて『お姉様と結婚すればラインダースの王になれるわ』って言ったの。最初は信じなかったんだけど、お姉様がユリウス王の子どもだという決定的な証拠がある、お姉様と結婚して、夫の権限でベルクール伯爵位をお父さんに譲渡してくれれば、爵位と引き換えに証拠を渡してあげるって約束した。後がないオルカーニ伯爵は見事に引っかかったわ。そんな証拠なんてないのにね」

「……まったく存在が毒のような女ね。毒をまき散らして周囲を汚染していくの」

サリーナが眉を寄せながら呟くのが聞こえた。

そのとおりだとシンシアも思わざるを得なかった。その毒に侵されて、父親も継母もおかしくなったのだろう。食事の席で、レニエが父親や継母に甘えるようにねだって自分の欲しいものを手に入れていた場面を思い出し、いつもの調子で二人を焚き付けていく様子がありありとシンシアの目に浮かんだ。

「だけど、オルカーニ伯爵も結局は失敗。あの男、自分が目をつけられてないと思っていたみたい。今まで大丈夫だからって次も大丈夫な保証なんてないのに。だから、失敗するのよ」

「君もたいてい失敗続きだけどね。それでもう後がない君は家から抜け出して、自分の両親を利用してシンシアを殺そうとしたのか」

「だって、結婚して幸せになろうとしているんですもの」

レニエは狂気を宿した目をして笑った。

「お姉様はうんと惨めでいてくれなくちゃ。一生幸せになんてなれないし、絶対にあたしがさせないわ。ああ、もう、この手を放しなさい！　そこの女を殺してやるんだから！」

「連れていってくれ。聞くに耐えない」

ユーディアスが怪我をしていない方の手を振り、兵に下がるように指示した。兵は二人がかりで暴れるレニエを押さえつけ、ようやく引きずっていった。

呆然とその姿を見送っていたシンシアは我に返る。

「……ユーディアス様、手！　手当てしないと！」

見ると手を押さえているハンカチが真っ赤に染まっていた。

「軽傷だよ」

「どこが軽傷なんですか！　ユーディアス様に何かあったら、私……」

「僕が君を置いていくわけないだろう？」

ユーディアスは宥めるようにシンシアにキスをすると、周囲を見回して声を出した。

「見苦しいものをお見せしてすみません。でもあと少しだけお付き合いください。式はほとんどすんでおりますが、最後がまだでしたから」

それから、ユーディアスは一連のことに唖然としたままだった司祭に向かってにこやかな笑顔で促した。

「司祭様、続きを。最後の宣誓がまだです」

「え？　あ、は、はい」

司祭は慌てて手にしたままだった結婚宣誓書を掲げて言った。少し声が震えていたのは致し方ないだろうと思われる。

「こ、ここに二人の婚姻が成立したことを宣言いたします！　お二人にどうか祝福の拍手を！」

次の瞬間、一斉に拍手が鳴った。シンシアはユーディアスと肩を並べて祝福を受け、鐘の音が鳴り響くのをじっと聞いていた。

＊＊＊

その後はたいした混乱もなく、晴れて夫婦になったシンシアとユーディアスは、忙しくて慌ただしかった一日を終えて、ようやく寝室で二人きりになった。

「ユーディアス様、手は大丈夫ですか？」

ユーディアスの右手には包帯が巻かれている。式の後、急いで医者に手当てしてもらったものだ。

「ああ、もう血も止まった。縫うほど酷くなかったのが幸いだな」

「私のせいで……」

　シンシアは顔を曇らせる。やはり自分という存在はユーディアスにとって重荷にしかならないのではないか。そんな考えがぶり返してしまったのだ。

　だが、そんなシンシアの考えは今度もユーディアスにはお見通しだったらしい。

「君のせいじゃない。だから妙なことは考えないように」

「でも……」

「君が気にしているのは僕の怪我だけじゃないいんだろう？　披露宴の間も無理して笑っていたが、君はずっと浮かない顔だった」

　やはりユーディアスは気づいていたのだ。シンシアが落ち込んでいることに。シンシアは下唇を噛みしめ、ベッドの淵に腰を下ろした。ユーディアスも彼女の隣に腰を下ろす。

「……ベルクール家のことを……いえ、私がずっと家族だと思ってきた人たちのことを考えていたのです」

「彼らは君の家族じゃない。もう終わったことだ」

「ええ……彼らは私の家族じゃなかった。最初から。私、レニエの言っていたことをずっと考えていたんです。彼女が幼少時代に辛い思いをしてきたのであれば、私の無神経な言動がずっとあの子を傷つけてきたのではないかと。だって私とお母様がいたから、彼女は妾の子と蔑まれてきたんですもの。誰かを憎まずにはいられなかったんだわ。お父様のこともそう。伯爵と呼ばれながら本当はただの代行に過ぎないという状況は辛いものだったのではないかと今は思うの」

シンシアの「父親」と呼ばれ、周囲にはそのように振る舞わなければならなかった彼の心情を思うと、辛い思いをさせられてきたのに、どうしても憎めなかった。レニエもだ。あれほど酷いことをされても恨んでいないし憎いとも思わない。

「優しいのは君の美点の一つだけど、今度ばかりは行き過ぎだと思うよ」

ユーディアスは手を伸ばし、シンシアを膝の上に抱き上げた。いつもの姿勢に収まったシンシアは彼の胸に身を寄せる。

「レニエは自分の尺度でしかものを考えられないんだろう。自分の母親と父親が出会った時にはすでに彼が既婚者であったことも、念頭にないらしい。自分の境遇を恨むのであれば、原因を作り出した両親を憎むべきだったんだ。それに、シンシアたち母子にしてみたら、レニエたちこそが自分の家族を破壊した憎むべき相手であったことについぞ気づかなかったようだ。自分本位なんだよ、彼らは」

「でも……私とお母様は家族だったけど、お父様……いいえ、男爵にとっては私たちは家族ではなかったように思えるの。彼にとってはレニエたちこそが家族だったのだわ」

「それも彼自身が選んだ道だ。先代のフォーセルナム侯爵は彼にシャロン様と結婚しろと強制したわけじゃない。選択肢をちゃんと与えていた。借金を肩代わりすること、事業の立て直しのための援助をすることを条件にシャロン様との契約結婚を勧めはしたが、そちらを選ばない場合でも男爵位を返上し、平民になった彼を放逐せず、自活できるように職を斡旋するつもりだった。借金まみれで手に職のない彼にしたら破格の条件だ。それにもかかわらず、平民になって人に仕える生活をするよりはとシャロン様との結婚を選んだのは彼自身だ」

ユーディアスの口調は厳しかった。

「最初はそれで満足していたのだろう。けれど、いつしかかつての自分の状況を忘れ、前フォーセルナム侯爵から受けた恩も忘れた。ただ一つだけほんの少し同情する点があるとすれば、悪い女に引っかかったことだ。マリア・デラソルと出会わなければ、もっとましな人生を送れたと思う。彼が伯爵と呼ばれながらも代行に過ぎないことに不満を持ち始めたのも、きっとマリア・デラソルの影響を受けたからだろう」

「そうなのかしら……」

いや、きっとそうだったのだろう。最初から爵位にこだわるような人物であったのなら、シンシアの母は彼と結婚しようとはしなかっただろうから。

「僕も最初は彼があれほど伯爵であることにこだわっているとは思っていなかった。先代のフォーセルナム侯爵から、あくまでシャロン様とシンシアのための伯爵家であること、彼は女伯爵の夫であって伯爵にはなれないことを聞かされていたはずなんだ。だから、僕は彼がこだわっているのは金だと思っていた。確かにシンシアが結婚したとたんに困窮するのは気の毒だと思い、金で解決できるのならと、君が結婚しても彼らにいくばくかの金が渡るようにするつもりだった。贅沢をしなければ、そこそこ暮らしていける額だ。でも、彼がこだわっていたのは金じゃなかったんだ」

「……伯爵位だったのね」

シンシアはいつかアガサに聞いた継母の話を思い出していた。母親から貴族への執念を植えつけられて育ったマリア。彼女にとって、いくらお金があろうと今までより低い爵位になることは、許せることではなかったし、認められなかっただろう。

「そう。そして、彼に伯爵位がないこと、シンシアこそが伯爵であり自分が代行に過ぎないことを知ったのは、リオネルの話によると、彼が学園に入学するにあたって行われた審査の時だったらしい。学園は貴族の子弟が寄宿生活を行う場所だ。何かあっては困るので、入学希望者の経歴や身分や係累に至るまですべて調査する。学園側がリオネルの入学に際して、貴族を管轄する国務尚書に問い合わせた結果、彼は伯爵の嫡男ではなく男爵の嫡男に過ぎないことが発覚した。ベルクール夫妻はさぞかし慌てただろう」

男爵はシャロンが亡くなった後、自分に伯爵の位が回ってきたのだと勘違いした。通常の爵位の継承は男子が優先される。シャロンには女児しかいなかったので、少なくともシャロンの血を引く男児をシンシアが産むまでは暫定的とはいえベルクール伯爵になれるものと考えていた。継母たちにもそう言っていたようだ。

「でもその考えがそもそも間違っていたんだ。特別な叙爵状のあったベルクール伯爵位は女性も継げる。シャロンの第一子である君にだけ継承権があったんだ。それをリオネルが学園に入学するまで彼らは知らないでいたらしい。知って大慌てでさ。君が結婚するか二十歳になれば男爵位以外は何もかも失うのだから」

「そんなことがあったなんて、知らなかったわ……同じ家にいたのに」

「彼らは君にだけは知られたくなかったから、隠したんだ。君には酷い態度を取っていたし、もうあの家で大きな顔はできなくなるから。事実を知り、多少なりとも君への態度を反省していたら、こういう事態にならなかっただろう」

こういう事態……つまりベルクール家の三人が牢屋に入れられるような事態にはならなかったということだ。

「やっぱり、全部私のせいじゃ……」

「レニエの言葉に惑わされてはいけないよ。君のせいなんかじゃない。彼らの自業自得だ。もっと君といい関係を築くことができれば違った未来もあったはずなのに。優しい君はきっとあの男に引き続きベルクール伯爵を名乗ることを許しただろうし、もしかしたら爵位自体譲ってしまっていたかもしれない。金のことも、そのまま使わせていただろう」

「……そうかもしれない」

シンシアは爵位にもお金にも興味がない。贅沢も好まないし、見栄もないので、日々困らない生活さえできれば満足なのだ。

——そうね。きっと私はお父様に請われれば爵位を譲っていたかもしれない。お父様に感謝される、少しは私のことも見てもらえると考えて。

ユーディアスが突然厳しい口調になった。

「だからこそ、僕は君と奴らを離したかったし、君に爵位のことについて何も話さなかったんだ。君は『お父様』に弱くて、小さい頃から彼の歓心を買おうと一生懸命だったから。でもそれは彼にとっても君にとってもよくないことだ。だからならず者たちから君を救出した後、ずっと君を実家に返さなかったし、ラインダースに行かせて彼らの処遇にも関わらせなかった。君が彼らに同情して手心を加えて助けてしまわないように」

「わかっています……今は、もう」

情は残っているが、今はもう昔感じていたような気持ちを彼らに抱いていない。長く続いた悪夢から覚めたような気持ちだった。

「……結局、家族はいなくなってしまったわね」

ポツリと呟くと、母親を亡くした時の辛く悲しく、心もとない気持ちが蘇ってきた。

元々家族などではなかったのかもしれない。けれど、シンシアは彼らと家族になりたかったのだ。だからユーディアスの言葉でなく彼らを信じてしまった。

──信じたかったの。本当に「家族」になりたかった……。

両手で顔を覆うと、シンシアの頭のてっぺんにキスをしながらユーディアスが言った。

「何度も言うが、家族なら僕がいるじゃないか。新しい家庭を僕と築いてこれからもっと家族を作っていこう」

「……そうね。ごめんなさい。私にはユーディアス様がいるわ」

ユーディアスだけではない。今回のことで国王やサリーナなど、たくさんの人に大切にされていることをシンシアは知った。

──だから大丈夫。私は生きていける。ユーディアス様と。

悲しい気持ちを振り払ったシンシアは、ふとユーディアスに尋ねることがあったことを思い出した。

「そういえば、私、この国の国王陛下と前に会ったことがあったかしら？　とても懐かしい思いがしたの」

ユーディアスはまたシンシアの頭にキスを落としながらぼやいた。

「君が覚えているとは思わなかったよ。僕との約束のことは綺麗さっぱり忘れていたのに」

拗ねるような声に、シンシアは目を丸くする。

「や、約束？」

「そう。……でも正解だ。君は陛下と会ったことがある。まだ小さい頃のことだけれど。僕たちが初めて出会った時に、陛下もその場にいたんだ」

シンシアが五歳になる前、セルディエ侯爵夫妻とユーディアス、そしてシンシアとシャロンは揃ってカスターニエ国王に会いに王宮に行ったことがあったらしい。

「君は陛下にお行儀よく挨拶をしたんだが、それ以降は恥ずかしがってシャロン様のドレスの裾に隠れて出てこなかった。僕が声をかけても顔もあげてくれなかった。シャロン様が言うには君はその頃ものすごい人見知りをしていた時期だったらしいね。陛下にはきちんと挨拶するようにとシャロン様に言われたから挨拶はしたものの、僕とどう話していいかわからなかったようだ」

確かにシンシアは幼い頃は極端に人見知りをする性質《たち》で、生まれた時から顔見知りの使用人以外とは口も利かなかった。

「君とどう接したらいいのかわからなかった。それなのに両親たちが陛下と話をする間、君のお守りを命じられて、僕は正直に言えば面倒だなと思っていたんだ。外面だけはよかったから、快く承知したものの、途方にくれていた。君は他の女の子と違って、僕の気を引くためにうるさい声をあげたりしない子だったから余計にね。恥ずかしがって僕と目も合わさないんだから当然だけど。でも二人で王宮の庭を散歩したり、蝶《ちょう》を追いかけたりしてしばらく一緒に遊んでいたら、ようやく慣れてくれた」

「そんなことがあったんですか。私、どうして覚えていないのかしら？」

初めての出会いが記憶に残っていないのは悲しすぎる。

「仕方ないよ。君はうんと小さかったもの。話を元に戻すけれど、それでようやく僕に慣れてくれた君が、散歩していた庭の花がどれも綺麗だと何度も繰り返して言っていたので、陛下と庭師に許可をもらって摘んで君に贈ったんだ。そうしたら、君が初めて僕に笑顔を見せてくれた。その笑顔に一目ぼれしたんだよ」

「一目ぼれ？」

「そう。笑顔の君は最高に可愛くて、僕は家に連れて帰りたいと思った。それで陛下がいる場所で君にプロポーズしたんだ」

「プロポーズ!?」

「ああ。君はOKしてくれたよ。『お兄ちゃま大好き。撫でていい子いい子してくれるのも好き。ずっと一緒にいたい』と言ってね。それを聞いていた陛下が面白がって、『ちょうどいい、ここに両家の当主がいるんだから。まとめてしまおう』とその場で側近のストーデン伯爵に婚約証明書を用意させて、署名させた」

「あの婚約証明書はそんな経緯があったんですか？」

シンシアの口がポカンと開いた。てっきり正式に婚約式を開いて署名したものだとばかり思っていた。

「あ、でも待って。私とユーディアス様が婚約したのは私が七歳の時ですよね？　お母様に『ユーディアス様が今日からあなたの婚約者よ』って言われたのをはっきり覚えているもの」

　はぁ、と、頭上で深いため息が聞こえた。

「それは、陛下に言われて証明書に署名しても、シャロン様はなかなか僕を君の婚約者として認めてくれなかったからなんだ。君の出生のことがあったからだろう。生半可な男には任せられないと言って、二年間、認めてもらえなかった。僕はわりと何でもそつなくこなせるけど、あの時ほど大変だと感じたことはなかったね。でも、まぁ、根気よく説得してようやく認めてもらえた。たぶん、僕が君のためならどんな汚い手を使うことも厭わなかったからだと思うよ。シャロン様は言わなかったけれど」

「汚い手？　ユーディアス様はいつもお優しいので、汚い手を使うなんて想像もできないわ」

　口に出してから、シンシアはそうでもないことを思い出して苦笑を浮かべた。

　ユーディアスはいつも優しいが、シンシアを性的に屈服させる時は平気で汚い手を使うので、さもありなんと言ったところだろう。

「君の中では僕はずいぶん清廉潔白《せいれんけっぱく》なんだね。褒め言葉として受け取っておこう」

「い、イヤらしいことをする時のユーディアス様は清廉潔白ではないかもしれない……です。め、目隠しをしたり、私を縛ったり」

「そりゃ、そうさ。僕はいつだって君にイヤらしいことを教えたいんだもの。清廉潔白ではやっていけないよ。シャロン様はいずれ君の本当の父親のことが公になってしまうことを予想していたのだと思う。その時に君を守れる男になって欲しいとおっしゃった。だから僕は必要なら卑怯な手を使うよ。二年前まではその部分を君には見せていなかったけれど、油断していたせいで、君に逃げられてしまったから。僕はね、シンシア。二度と君を逃がす気はないんだ」

薄い夜着に包まれた肩をそっと撫でられて、シンシアはゾクゾクした。初夜用に作られたというその夜着は、まるで下着のようで、丈は短く、襟《えり》ぐりは深くて、しかも透ける素材でできていた。かろうじて大事な部分は見えないようになっているが、なんとも心もとない感じだ。

「シンシア……」

ユーディアスの声が心なしか掠れている。ここ一か月ほどユーディアスと閨をともにしてきたシンシアには、彼が欲望を募らせているのがよくわかった。

だがシンシアは立ち上がり、ユーディアスの腕の中から抜け出して言った。

「ここのベッドはユーディアス様が使ってください。私はソファで十分間に合いますから」

「はぁ……？」

ポカンとユーディアスが口を開ける。思えば彼がこんな表情をするのは初めて見る。新鮮に感じながらもシンシアは心を鬼にした。これはユーディアスのためなのだ。

「今日は初夜だよ？　なぜ別々にベッドを使わなくちゃならないんだ？」

「ユーディアス様、お忘れかもしれませんが、あなたは怪我人です」

シンシアの目がユーディアスの包帯が巻かれた右手に注がれる。

「あ、愛し合う時は手を使う必要があるでしょう？　でも無理に使ったらまた傷口が開いてしまうもの。残念だけど今日は我慢して、怪我が治ってからにしましょう。私がいると眠れないかもしれないから、ベッドはユーディアス様が使って。私はソファでもいいし、隣の部屋に行っても構わないから。あ、水差しを用意しないと、今もらって……きゃあ！」

扉に向かって歩きかけたシンシアは伸びてきた手に引っ張られて、バランスを崩した。あっという間にベッドの上に引き倒され、その上にユーディアスが覆い被さる。

「初夜だよ、シンシア。まさか、別々に休むだなんて言わないよね？」

「そのまさかです。ユーディアス様、怪我をした手は使ったらダメです。だから今日はお預けです！」

だが、睨みつけるシンシアを見おろすユーディアスの目は欲望に燃え、キラキラと輝いていた。

「初夜を一緒に過ごさないなんて、僕が認めるわけないだろう？　手を使わないで愛し合う方法なんていくらでもあるんだよ、シンシア」

「ユ、ユーディアス様？」

「今夜は君が僕を愛してくれ……僕の姫君」

ユーディアスが妖しく笑った。

＊＊＊

「む、無理です。ユーディアス様……」

「無理じゃない。前にも何回かこの姿勢は取ったことがあるだろう？」

「でも……それは……」

シンシアとユーディアスはベッドの上で言葉での攻防を繰り返していた。互いに全裸なので、はたから見ればおかしな光景だったが、本人たちは至って真面目だ。

天蓋付きの大きなベッドの上でユーディアスが胡坐《あぐら》をかいて座っている。彼はシンシアの腕を取って自分の上に腰を下ろすように促しているのだ。

座っているユーディアスと向かい合い、性器を繋げる。これがユーディアスの言った「手を使わない愛し合い方」だった。

　今までこの体位で愛し合ったことがないとは言わない。けれど、それはあくまで繋がったままユーディアスがシンシアを抱き起こして体勢を変えたものだった。

「君はこの体位が好きだったじゃないか。だから大丈夫だ」

「そ、それとこれとは違います！」

　真っ赤に頬を染めたままシンシアは言い返した。確かに、向かい合って顔を見ながら愛し合う体位はシンシアも気に入っていた。でも自分から受け入れるとなると大違いだ。

　ユーディアスはあろうことか、シンシアに自分から腰を下ろして彼の怒張を入れるように言ってきたのだ。これなら手を使わなくて済むから、と。

「無理です。だって、前だって……」

　シンシアはまだ自分から彼の屹立を受け入れたことがない。純潔を失ったばかりの頃、一度だけ促されて試みたことがあったが、まだ慣れていなかったこともあって、どうしても最後まで入れることができなかったのだ。

「大丈夫だよ。あの頃と違って君の膣はすっかり僕の形に合うようになっている。今度はすんなりいけるはずだよ。ほら、おいで。いつまで経っても、そのままは辛いだろう？」

　見せかけの優しさをまとった夫が手を差し伸べ、促してくる。シンシアは思わず涙目で彼を睨んだ。

「私が辛いのは、ユーディアス様のせいじゃありませんか！」

手を怪我しているので、服を脱がして欲しい。そう言われて先に裸にされていたシンシアは恥ずかしそうに彼の服を脱がしていった。けれど、それを妨害する手があった。ユーディアスの怪我をしていない方の右手だ。

彼のいたずらな右手は服を脱がそうとしているシンシアの胸の先端を弄ったり、割れ目をさすったり、指を入れたりして散々彼女をもてあそんでいたのだ。感じてしまってなかなか脱がせられないし、ずっとユーディアスの指にいたずらされ続けたシンシアは、彼の服を脱がし終えるまでにすっかり濡れて迎える準備が整ってしまったのだ。

シンシアの頬が赤いのも、目が潤んでいるのも、両脚の付け根がしとどに濡れて疼いているのも、全部ユーディアスのせいだった。

「僕だって君がもたついている間にすっかり準備を終えている。お互い様だと思うよ？」

そう言うユーディアスの股間の中央にはすっかり立ち上がり反り返っている彼の屹立があった。

直視できずについ目を逸らしてしまったが、浅黒く怒張した彼の肉茎が気になって仕方なかった。

――あれが毎晩のように私の中に……。

彼の白濁を受け止める時の快感を思い出し、胎の奥がきゅんと疼いた。

「本当は君に奉仕してもらうつもりだったのに……。まぁ、それはおいおい教えていこう」

「奉仕？」

首を傾げるが、ユーディアスは淫靡に笑うだけだった。

――絶対イヤらしいことだわ。奉仕というのは。

それがわかっているのに、彼の言う「奉仕」を期待して胸を躍らせる自分がいた。

「さぁ、シンシア、おいで。いい加減に待ちくたびれてしまった。僕が怪我をおして君を襲いに行かないうちに来て欲しいな」

怪我のことを言われてしまえば、シンシアは従うしかなかった。恐れとちょっぴりの期待で目を潤ませながら、ユーディアスの足を跨ぐ。

「僕の肩に掴まるといい」

「は、はい」

シンシアはユーディアスの肩に両手を置いて、徐々に腰を下ろしていった。途中でお尻の割れ目に彼の楔と思《おぼ》しきものが触れる。この先はどうしたらいいのかと思っていると、ユーディアスは怪我をしていない方の手で屹立の位置を調整し、シンシアの蜜口にぴたりと先端をあてがった。

「っ、はぁ……」

シンシアは熱い吐息を吐く。

それからゆっくりと腰を下ろして、彼の肉茎を自分の中に受け入れようとした。

「あっ、く、ぅ……！」

硬い先端が入り口を押し広げる感覚にぞわりと背中が粟立つ。触れあった場所が熱くてたまらない。早くその熱を子宮で受け止めたいと、逸る気持ちがシンシアを後押しした。

ぐぐぐと少しずつだが確実にユーディアスの楔を呑み込んでいく。ほんの少し入れては粘膜を擦られる感触に震え、また進めては感極まったように喘ぐ。

いつもはユーディアスに一気に貫かれることが多く、ここまでじわじわと隘路を押し広げられていくのは処女を失った時以来だ。

あの時は鋭い痛みがあり、受け入れるのが辛かったが、今は違う。もう快感しか感じられなかった。

「ユーディアス、様……」

ユーディアスの肩に指を食い込ませながら、シンシアは彼の楔を己の中に埋め込んでいく。彼を跨いでいる太腿がぴくぴくと痙攣した。

「んんっ、あ、はぁ……ん、んく、ぅ」

太い先端が膣道を進むにつれ子宮を通じて全身にざわめきが走る。シンシアの身体が震え、形のよい乳房がユーディアスの目前で揺れた。先端の赤い飾りが動きに合わせて艶めかしく上下している。それに誘われるようにユーディアスの唇が疼く先端を捉えた。

「あっ、やぁあ、ん、あ、っ、力、が抜け……ああっ！」

突然別方向から強い快楽を与えられたシンシアは、足に力が入らなくなった。自分を支えきれず、ガクッと腰が沈む。とたんに、ずるりと奥に入り込んだ屹立が強烈な快感を生みだし、シンシアは足のつま先から頭のてっぺんまでかけ上がっていく愉悦に、嬌声を響かせた。

「ああっ、ぁああ！　んぁぁあ！」

何度も何度も背筋を震えが駆け上がっていく。媚肉が蠕動《ぜんどう》し、ユーディアスの楔を締めつける。

「くっ……」

ユーディアスが突然の締めつけに顔を顰めた。けれど、彼はシンシアの胸への刺激をやめることなく、舌で赤い実を転がしていく。

「やぁ、ん、くっ……んン、あ……奥……だめ……」

悦楽の余韻に疼くシンシアの腰に、ユーディアスのたくましい腕が巻きついた。胸の膨らみから顔をあげたユーディアスがシンシアの汗ばんだ額にキスをする。

「よく頑張ったね」

「んっ、あ……ユーディアス様ぁ……」

はぁはぁと荒い息を吐くシンシアの唇をユーディアスの口が捕らえた。

「……ふっ……ぁ、ん、んっ」

唇を割ってユーディアスの舌が差し込まれる。シンシアは悦んでそのキスに応じた。

「んんっ、ふ、ぁ、ん、んんっ……」

上の口と下の口を塞がれて、逃がせない法悦に膣の中がきゅっと締まる。そのせいでいつもより彼の屹立が生々しく感じられてしまい、それがさらにシンシアの欲望を煽るのだった。

「んっ、ふっ、あ、ふぅ、ん……」

ゆっくりと確かめるように腰を上下させる。するとユーディアスの先端が奥の感じる部分を掠ったらしく、強い快感がシンシアの子宮を蕩かせた。

——もっと、もっと欲しいの。

腰を動かし、さらなる快感を得ようとするも、どこか物足りなかった。ユーディアスは彼女の好きなようにさせて腰を動かそうとしない。シンシアは自分で動かなければ気持ちよくなれないと悟って、必死に腰を揺すった。

けれどうまく快感を拾えない。慣れていないせいで、ぎこちない動きにしかならないのだ。毎晩のように濃厚な交わりを繰り返している彼女には、それが物足りなく感じられた。

「ユーディアス様……欲しいの……」

息を切らして懇願すると、くすっと笑ったユーディアスがシンシアを突き上げる。

奥を抉られ、強烈な愉悦がシンシアの背筋を震わせた。

「あああっ！」

背中を反らし、シンシアは快楽の余韻を受け止める。けれど、ユーディアスはそれ以上動こうとはしない。

焦らされているのだとシンシアにはわかった。

――酷いわ、ユーディアス様。ユーディアス様の望むとおりに自分からユーディアス様を受け入れたのに。

ムッとなったシンシアはユーディアスの欲望を煽るように、片手で下腹部を淫らな仕草で撫でる。その手のひらの下にはユーディアスの怒張がみちっと埋められていて、撫でるだけではっきりとその感触が伝わってくる。

「あっ……もっと、欲しいの……ユーディアス様。ユーディアス様の太いのをもっと私にください」

きゅ、きゅっと意図的にユーディアスの楔を媚肉で絞りあげながら、シンシアは淫猥に微笑んだ。

はぁ、とユーディアスが息を吐く。いや、もしかしたらそれはため息だったのかもしれない。

「……まったくとんだ小悪魔を解き放ってしまったかもしれないね。でも、いいや。頑張ったね、シンシア」

ユーディアスの唇が弧を描いた。

「頑張ったご褒美をあげよう。しっかりついてくるんだよ」

「っ……！」

突然下から突き上げられ、奥に太い先端を叩きつけられる感触にシンシアはわなないた。

先ほどまでの余裕は一気に萎んでいた。

「あっ、やぁっ！　強すぎる……！」

突き上げられるだけではない。揺さぶられて上に弾んだ腰が、今度は屹立の上に深く沈み込んでいく。自分の重さも加わって限界まで奥を抉られて、シンシアは激しい快感に恐怖すら覚えた。

「奥、奥がっ。だめっ、これ、だめぇ！」

下から突き上げられては奥を抉られ、沈み込んでは最奥を穿たれる。それが何度も繰り返され、シンシアの理性をはぎ取っていく。

シンシアはユーディアスの首の後ろに両手を回してしがみ付いた。そうでもしないとおかしくなりそうだった。

「い、やっ、だめ、奥、だめっ。んっ、壊れ、ちゃう、あ、やぁ、壊れる……！」

すさまじいまでの法悦が細い身体に襲いかかり、こらえきれないシンシアは涙を散らし

ながら訴えた。

だがユーディアスの責めは終わらない。ずんずんとシンシアを突き上げながら、熱い吐息を漏らす。

「大丈夫、だ。壊れ、ないから、もっと感じて、欲しい。シンシア」

息を切らすユーディアスの声と、中に埋められた肉杭の状態が、彼にも余裕がないことを語っていた。

「すご、い。いつも以上にキツ……」

いつも以上にユーディアスは興奮していたし、シンシアもシンシアで、無意識に何度も強く彼の肉茎を締めつけている。

いつしかシンシアは恐ろしさを忘れて、快楽に没頭し始めた。

「あっ、んんっ、ユーディアス、さまぁ」

限界が近かった。

ユーディアスはシンシアの唇を塞ぎ、舌を絡ませ合いながら、彼女の奥を小突く。

「んっ、ふ、ぅ、ん、んんっ」

繋がり合った咥内からこもったような喘ぎ声が零れた。ユーディアスを受け入れている蜜壺からは絶え間なく蜜が溢れ、ぬちゃぬちゃと粘着質な音を立てている。

けれどもう二人の耳にその音は届いていなかった。上と下、両方の口で繋がりながら、二人は充足を求めて動く。

限界を迎えたシンシアの足がユーディアスの腰に巻きつき、キュッと締めつける。

やがて一際強く突き上げられたシンシアは、奥からせり上がってくる奔流とともにすべての感覚を解放した。シンシアの目の前が真っ白に染まる。

「んん、んんっ――――！」

嬌声をユーディアスの咥内に放ちながら、シンシアは絶頂に達した。

ユーディアスもすぐに後を追い、腰を強く押しつけながらシンシアの中で己を解放した。

熱を持った白濁がシンシアの子宮を焼く。実際に焼いているわけではないが、そんなふうにシンシアは感じた。

――熱い……！

その熱でさらに深い快感の波にさらされながら、シンシアはしっかりとユーディアスにしがみ付いていた。

びゅくびゅくと何度も胎内に白濁が放たれる。そのたびにシンシアは痙攣し、それに連動して媚肉がユーディアスの肉茎を扱き上げた。

「……ん……ぁ、っ、ん……」

絶頂の余韻からなかなか戻れず、二人は抱き合いながら荒い息を吐いていた。

やがて息が整うと、どちらからともなくキスを交わし、間近で見つめ合う。

「……愛してる、シンシア。僕と新しい家族を作っていこう。僕は君もいつか生まれるであろう子どもも愛している。決して僕らの子どもに君のような辛い思いはさせないよ。誓う」

ユーディアスの言葉を、シンシアは心から信じた。

「愛しています、ユーディアス様。誰よりも何よりも。私が家族を作りたいのはユーディアス様だけです」

愛の言葉を囁き合い、何度もキスを交わす。

そのうちシンシアの中でユーディアスが力を取り戻していくのがわかった。いつもはユーディアスの欲望の強さにシンシアが根負けする形で二度目の交わりに応じることが多いが、この日は違った。

シンシアもユーディアスともっと愛し合いたくてたまらなかった。

ユーディアスの肩にすがりつきながら、シンシアは淫らに腰を動かし始める。ユーディアスの興奮を煽るように。

「ユーディアス様。今日は、私が、存分に、あなたを愛してあげます。んんっ、あ、……だから、ずっとずっと、私の傍にいて」

「もちろんだ、シンシア。僕は君の傍にずっといるよ。約束したように、ずっと、ずっと……」

寝室には長い間、互いのこもったような喘ぎ声が響いていた。

いつの間にか眠ってしまったのか、シンシアが肌に触れる甘い感覚に目を開けると、ユーディアスの屹立はまだシンシアの中に埋められたままだし、シンシアも彼と向かい合い、膝の上に座ったままだった。

「気がついたかい、シンシア？」

ユーディアスがシンシアの胸に触れてキスをしていた。

「もう夜明けだ。そろそろお開きにして横になろうか」

シンシアは答えない。ぼうっとユーディアスを見上げた状態だ。ところが突然、ぼうっとしていたシンシアがユーディアスを見て笑った。

「シンシア？」

それは二人が初めて出会った幼き日にシンシアがユーディアスに向けたのと同じ笑顔だった。

ユーディアスを一目で虜《とりこ》にした無垢で無防備な笑顔。

「ユーディアス様の腕の中が一番、安心できるの……好き……ずっと一緒にいたい」

シンシアは呟きながら再び眠りに落ちていく。

しばらくその寝顔をまじまじと見つめていたユーディアスは、優しく囁いた。

「僕たちは離れない。ずっと一緒だ。疲れたのなら少しお休み。起きたらまた愛し合おう」

手を伸ばしてユーディアスはシンシアの髪の毛のひと房を掬い上げると、そこにキスをした。

「そうだよ。僕を欲しがって。僕にずっと依存していて。もう離れてはだめだよ。ああ、僕がいないと生きていけないようにしてしまえたらいいのに……」

暗い情念のこもった声がシンシアの耳に届いたが、その時にはもう彼女の意識は闇に沈んでいた。

＊＊＊

色々あった二人の結婚式から三か月後。

この日、王都のセルディィエ侯爵の屋敷で新婚生活を送る二人のところに、客が訪れていた。

リオネルだ。

「それで、問題なく男爵位の継承は認められたのね？」

シンシアが尋ねると、リオネルは明るく笑って頷いた。

「うん。まぁ、父さんの血族の男児は僕しか残っていないから、揉めることもないしね。実際に引き継げるものといったら小さな会社と名ばかりの爵位だし」

つい先日、地方都市に追放になった両親に代わり、リオネルは男爵の爵位を継いでいた。もっとも、男爵家には土地もお金もないので、リオネルはユーディアスの援助で学園に通い続けている。

商売に興味のあるリオネルはそのうち父親の事業をもっと拡大させたいという希望があり、それには学園で人脈を築くことも大切だとユーディアスに諭されたのだ。

「ちゃんと借りは返すからね、義兄様《にいさま》」

「期待しているよ」

シンシアの横でユーディアスが苦笑した。

リオネルはソファの向かいに座るシンシアに真面目な顔をして告げる。

「姉様にもそのうちお金を返すから。父さん、母さん、それにレニエが贅沢に使ってしまった分。何十年かかろうと必ず返すね」

「まぁ、リオネル。そんなこと気にしないでいいのに。あなたのせいじゃないし、私は全然気にしていないわ」

「そういうわけにはいかないよ。これはけじめだ。浪費した分の何十分の一かがせいぜいかもしれないけど、必ず返していく」

「リオネル……」

「とかなんとか言って、君はこの先もそれを口実にシンシアに会いにくるつもりだな」

ユーディアスが突然そんことを言いだした。

——もう、ユーディアス様ったら。

彼はリオネルを高く買ってはいるようだが、シンシアと仲がいいのが気に入らないのだ。もっとも、リオネルも負けていない。

「あれ、バレたか！」

いたずらっぽく笑いながらリオネルが切り返す。ユーディアスが苦々しい顔をするのを見て、シンシアはすばやく口を挟んだ。

「あなたならいつでも大歓迎よ」

「ありがとう、姉様。あ、そうそう。先週末、アガサおばあちゃんのところへ行ったんだ。おばあちゃんは元気だったよ。母さんとレニエのことを知って、しばらくの間自分を責めていたけど、今は自業自得だと言っていたから、もう大丈夫。いつものおばあちゃんさ。姉様によろしく伝えて欲しいって言っていた」

「アガサおば様のせいじゃないのに……。そのうちまたミーシャと一緒に顔を見せに行きますと、おば様に伝えてちょうだい」

シンシアは安堵の笑みを浮かべながら言った。

アガサは姪とその娘がしでかしたことに罪悪感を覚えて、しばらくの間、落ち込んでいたのだ。

『もう少しあの子たちの生活に介入して、性根を叩き直してやればよかった。シンシアにも申し訳ないよ。本当に、もう』

そう言って嘆いていたらしい。

継母とレニエがああいう道を選んでしまったのは、アガサのせいではない。彼女たち自身が望んだからであって、やはりアガサが言うように自業自得なのだ。

謹慎という命令を破って屋敷から出たこと、礼拝堂に侵入したこと、それにシンシアの財産を横領した罪で、父親と継母は男爵の爵位を剝奪され、地方に追放された。

彼らの身元引受人になったのは、国王の側近のストーデン伯爵だ。夫妻は平民としてストーデン伯爵の領地で生活のために働きながら生きていくことになる。常に監視され、領地から一歩も外へ出ることは許されない。死ぬまでストーデン伯爵領に留まり続けることになるだろう。

二人は互いに手を取り合って力を合わせて新しい土地で生きていく……とはならないだろうと、さすがのシンシアも思っている。

継母はふがいない夫を罵《ののし》り、別の男に縋り出すだろう。父親は一人では何もできないタイプだ。落ち込むだけで何一つ建設的なことはできないだろう。

だが、もうシンシアが二人にしてあげられることは何もないのだ。

一方、レニエは牢獄から一生出られない。牢獄から出したら、すぐにまたシンシアを狙い出すのは明らかだった。

レニエにとって不都合で不快なことは「すべてシンシアのせい」なのだ。誰が何を言おうとそれは変わることがなかった。

——もしかしたら、レニエは私のせいだと思うことで心の均衡を保ってきたのかもしれない。

シンシアは今ではそんなふうに考えている。

「もちろん、レニエや母さんの犯した罪はアガサおばあちゃんとは何の関係もない。姉様もそうさ。姉様は父さんや母さん、それにレニエのことも気にしないでいいんだよ」

リオネルがまっすぐシンシアを見つめて優しい声で言った。

「おばあちゃんの言葉じゃないけど、男と遊び歩いていた母さんも、近所の人といい関係を築けなかったレニエも自業自得だから」

レニエは近所の子どもと仲が悪かった。それはレニエの性格と態度が悪かったからだ。

「なにかにつけ『私は貴族の子どもなの。あんたたちとは違うのよ』なんて言われてみなよ。皆レニエに近づかなくなるし、仕返しする材料さえあればそりゃあ反撃するよ。僕のように周囲とそれなりの関係を築けていたら、ひもじければ食べ物ももらえるし、気遣ってももらえる。ほら、やっぱり自業自得だろう？」

青い目をくりっとさせて、リオネルはおどけるように笑った。

「姉さんはもうあの三人のことを気にしなくていいんだ。僕も気にしないようにする」

「リオネル……」

家族が犯罪者になってしまって一番辛いのは、きっとリオネルだ。それなのに、彼にここまで気遣わせてしまった。

「……そうね。そうよね。結局自分の選んだ道は自分で責任を取らなければならないのよね。ありがとう、リオネル。もう気にしないようにするわ。私が彼らにしてあげることはもう何もないのだから」

シンシアの言葉にリオネルはにっこりと笑う。

「そうだよ、姉様。もう気にしないで。それはそうと、ミーシャに聞いたよ。新しい家族ができるんだって？」

「新しい家族」という言葉に、シンシアは隣に座るユーディアスと視線を交わし合う。どちらとも笑顔になっていた。

「実はそうなの。今三か月ですって」

頬を染めてシンシアは答える。

「ということは来年には新しい家族に会えるってことだね。あ、姉様」

リオネルは彼にしては珍しくおずおずと言葉を口にした。

「その、僕も家族の仲間に入れてもらってもいい？　僕も姉様の家族のままでいていい？」

「まぁ、もちろんよ、リオネル！」

シンシアはびっくりしてリオネルを見返す。

まさか彼がそんなことを気にしていたとは。

「あなたはとっくに私の大切な家族なのよ。今までもこれから先もね。いつでも会いに来て」

「本当？　姉様ありがとう！」

パァっと明るく笑うリオネルを見てシンシアも嬉しくなった。

そっと手を伸ばしてシンシアは自分のお腹を撫でる。ほんのり膨らんだそこにはユーディアスの子どもが……新しい命が宿っている。

――私の家族ができる。失われたと思われた家族が。

それもこれもユーディアスのおかげだ。

彼はすばらしい父親になるだろう。

シンシアは満足そうに微笑んだ。

お腹の子と自分のことを誰よりも愛してくれるユーディアス。

女伯爵であり、ラインダースの第一王女だったという身分のおかげか、シンシアは自信を持ってユーディアスの隣に並べるようになった。

ラインダースの父親や正妃《サラ》、それに異母妹《サリーナ》との関係も良好だ。

ミーシャもフローラも真心をこめて仕えてくれている。

リオネルはすばらしい弟だし、使用人たちもみんな優しい。

――アガサおば様。おば様の言うとおり、生きることを、幸せになることを諦めなくてよかった。私は幸せだわ。

「すごく、すごく幸せ」

お腹を撫でながら、シンシアの微笑みは絶えることがなかった。

エピローグ　甘い檻

「じゃあ、僕はそろそろ学園に戻るよ」

リオネルがソファから立ち上がると、見送ろうというのかシンシアも立ち上がりかけていた。ユーディアスがすばやく引き止める。

「僕が玄関まで見送るよ。だから君はここにいて。もし具合が悪くなったらすぐに休むこと」

「でも、リオネルとはたまにしか会えないのだし……」

「だめだって。もう君一人の身体じゃないんだから」

ユーディアスはシンシアにキスをして承諾させると、リオネルと一緒に部屋を出ていく。

シンシアの部屋を出た二人の雰囲気は、それまでとはがらりと変わっていた。

「何が自業自得だ。家族を陥れて排除したくせに」

ユーディアスが冷たい声で言い、さらに冷ややかな笑みを浮かべた。

「そんなに睨まないで欲しいなぁ。あなたにとっては大団円ってやつじゃないですか。邪魔者はいなくなり、あなたは姉様の家族となって、これからも家族を作り続けて囲っていく。ずっと姉様を自分に依存させようとしてきて、そのとおりになったじゃないですか」

リオネルはずいぶん前から気づいていた。

ユーディアスが孤独になっていくシンシアに「自分がいる」と甘く囁き続け、身も心も依存させようとしていたことを。

だからこそユーディアスはベルクール伯爵夫妻の所業《しょぎょう》に気づいていながら何も対策を取ってこなかったのだ。彼がしたのはシンシアを慰めることだけ。自分だけは彼女の味方だと思わせて、ますます依存させようとしていたのだ。

「でも残念でした。姉様には僕がいるからね。完全には孤独にならない。完全にあなたに依存はしなかった」

だからこそ彼女は二年前にその依存を一度断ち切って逃げることができたのだ。……また捕まってしまったようだったが。

ユーディアスは顔を顰める。

「あの時は失敗したよ。君を真っ先に排除しておくべきだった」

淡々とした口調で空恐ろしいことをユーディアスは呟く。シンシアを前にした時の甘い顔をした貴公子の姿はそこにはなかった。

「ちょっとやめてよね。僕が死んだら姉様が悲しむからね！」

「わかっている。だから排除しなかったんだ」

感謝しろとでも言いたげな口調に、今度はリオネルが顔を顰める。

「怖い怖い。姉様といる時と違いすぎない？　姉様への優しさのほんの欠片くらいでいいから与えてくれてもいいんじゃない？」

抗議したが、ユーディアスは鼻で笑って一蹴した。

「何が怖いだ。僕とシンシアを利用して、将来自分の邪魔になりそうな両親とレニエを排除したくせに。シンシアがユリウス陛下の隠し子だとレニエにヒントを与えたのは君だろう？」

「その前に姉様の実の父親がラインダースの国王だと僕に教えた人に言って欲しくないね！　僕がやったことなんて可愛いものだよ。レニエの前でユリウス王に隠し子の噂があると、世間話まじりに言っただけだ。あとは、そう『ユリウス王って銅色の髪に緑色の瞳なんだね。姉様と同じだ』と言っただけ。それを足して姉様がユリウス王の庶子だと割り出したのはレニエ自身だ。僕はそれ以上言っていない。ヒントにもならないね」

だがそれだけで十分だった。レニエは、性格は悪いがあれでなかなか賢い。一と二を足してそのことに気づいたら、あとは自分で調べて結論を出した。ユリウス王がカスターニエにいた時期と、シンシアの母シャロンが子どもを身ごもった時期が重なっていると。

ユーディアスはリオネルと並んで廊下を歩きながらわざとらしく眉をあげた。

「そうか。ところで不思議なことがあるんだ。君の両親たちにはシンシアと僕が結婚式を挙げることは伝えていなかったし、耳に入らないようにしていた。新聞記事にならないようにも手を回してあった。それなのに、どこでどうやって聞きつけたのだろうか」

リオネルはわざとらしく肩を竦めた。

「知らないねぇ。誰かが耳打ちしちゃったんじゃない？」

「それと、どうして彼らは命令を破ってまで屋敷から脱出できたんだろう。一応見張りは付けてあったはずなのに。手引きをした人間がいるみたいなんだが……」

「さあ。僕はその頃ちゃんと学園にいたし、わからないよ。ところで、僕も反対に聞きたいな。要人が多いから厳重に警備していたはずの教会にどうして父さんや母さん、それにレニエが入り込むことができたんだろう？」

すかさずユーディアスが答える。

「さぁ、僕にもわからないね。シンシアと式を挙げるのに夢中で、警備のことなど目がいかなかった」

「へぇ、そうなんだ。不思議なこともあるもんだね」

二人はとぼけた。けれどお互いにわかっている。ベルクール夫妻とレニエを排除したいと思った二人が、彼らが自ら破滅するようにそれぞれ仕組んだことを。

二人は二年ほど前から協力関係にあった。

片方はシンシアと憂《うれ》いなく添い遂げるために。もう片方は自分の人生の邪魔者を片付けるために。

しばらく足を止めてお互いの顔を見つめ合っていたが、そのうちユーディアスがふぅと息を吐く。どこか諦めのため息にも似ていた。

「まぁ、でも君のおかげで色々助かったことは確かだ。だから、シンシアの傍にいることも許すさ」

「おお、寛大だ。さすがに五大侯爵家の当主は違うね」

「茶化すな。……一つ尋ねたいが、いいかい？　どうして彼らを排除しようと思ったんだ？　確かにごみ溜めのごみ以下だが、君にとっては一応家族だろう？」

ごみ溜めのごみとはなかなか酷い表現をするが、リオネルは腹を立てなかった。

「家族？　家族じゃないさ。少なくとも僕にはそうだった。彼らにとって大切だったのは自分だけだ。父さんは父さんで妻《シャロン》とフォーセルナム侯爵家への腹いせに浮気をした。母さんは父さんが伯爵で御しやすいと思ったから近づいて籠絡《ろうらく》した。僕らを産んだのも父さんから金を引き出すためだ。産んでおいて、うだつのあがらない父さんへの不満を僕たちにぶつけていた。レニエの八つあたりも僕に来た。……姉様には仲良しの家族に見えていたみたいだけど、表面的なものさ。それぞれみんな自分の利益のために一緒にいただけ」

リオネルは父親や母親に跡継ぎだ、賢くて自慢だなどと持ち上げられていたが、それを額面どおりに受け取ったことはなかった。

「彼らは姉様……と言うかベルクール伯爵家に寄生していた。僕を伯爵家の跡継ぎにしたかったのも、次の寄生先を確保したいがためだ。姉様の次は僕。このままでは自分の人生が台無しにされてしまうという強迫観念が僕には常にあった」

シンシアを失った彼らが、リオネルを次の寄生先に選ぶのは明白だった。

「自分が努力して手に入れたわけじゃないものに固執し、そのくせ不平不満ばかり。姉様とは正反対だ」

リオネルはシンシアが好きだった。崇拝していたと言っていい。なぜなら、彼女は母親や双子の姉とはまさに対極にあるような女性だったからだ。

最初に会った時は無垢な演技をしているのかと疑っていたが、それは違った。ごまかしも腹芸もできない純真無垢な女神。それがシンシアだった。

あの花が綻ぶような笑顔に、何度荒れそうになる心を救われたか。

だからこそ、レニエの思い通りにはさせたくなかったのだ。笑っていて欲しかった。

「そんなごみのような連中を一生抱えるのはごめんですからね。排除する機会があればいつかしようと思っていた。だから、うまい具合に自滅してくれてよかったですよ。もう一生顔を合わせることもない。これ以降、僕の人生は僕だけのものだ。自分の力で男爵家も事業も盛り返してみせますよ」

前を向き、宣言するように告げる。ユーディアスは眉をあげた。認めてくれた証だといいなと思いながら、リオネルは言葉を続ける。

「あなたには感謝していますよ。姉様を助けだしてくれて、おまけに彼らを始末してくれたんだから。だから姉様を託せたんだ」

二人は似た者同士だ。ユーディアスは、シンシア以外は路傍《ろぼう》の石だと思っているし、リオネルも同じようなものだ。

——姉様って可哀想。僕らのような男に目をつけられて。でももう逃げることはできないだろう。

彼女は囚われの身なのだから。ユーディアスの甘い腕の中に、そして家族という曖昧な概念の檻の中に。

ユーディアスはふぅとため息をついた。

「シンシアに迷惑をかけないのであれば、援助は惜しまないよ」

「ええ、そこは期待していますよ。協定どおり、これからも援助よろしくお願いしますね、義兄様？」

にっこりと笑うリオネルの顔は天使のように美しかった。

＊＊＊

リオネルを見送ってユーディアスが部屋に戻ってくると、シンシアは自分のお腹を愛おしそうに撫でていた。

「あ、お帰りなさい、ユーディアス様」

ユーディアスの姿に気づき、シンシアが笑う。

無垢で幸せそうな笑顔。一番初めにユーディアスが惹かれた表情だ。

それまで彼の周りには母親を含めてこれほど無防備に笑う者はいなかった。貴族は物心つく頃には、自分の感情を抑えて相手に見せないようにと教えられるからだ。

ユーディアスも柔和な笑顔の裏に様々な思惑や感情を隠して生きている。けれど、シンシアは違う。持って生まれた性質と、母親の教育方針のせいか、自分の感情を表に出すことを躊躇しない。悲しければ泣くし、辛ければ顔を歪める。嬉しければ笑う。

様々な表情にユーディアスは魅せられた。自分の前で腹芸などしない女性は貴重だ。かといって奔放なわけでもない。貴族としての礼儀もきちんと弁えている。

彼女を傍に置きたいと思うようになるのも当然だった。

「体調は大丈夫かい？　具合が悪ければ横になっているといい」

「大丈夫ですって。ユーディアス様は過保護ね」

シンシアがくすくすと笑う。どうやら自分の過保護ぶりを面白がっているらしい。

「心配するのも当然だろう？　今朝だってつわりに苦しんでいたじゃないか」

「ほんの少しだけよ。それに確かにつわりは辛いけど、この子がちゃんと育ってくれているってことだから我慢できるわ」

言いながら、シンシアはまたお腹を撫でる。そこはまだほんのり膨らんだ程度で、ゆったりしたドレスだと気づかれない程度のものだ。

「愛しているよ、シンシア。お腹の子も」

ユーディアスは屈みこみ、椅子に座ったままのシンシアを抱きしめて、顔中にキスをする。額、頬、唇。くすぐったそうにしているが、シンシアは嬉しそうだ。実際、嬉しいのだ。

家族を……いや、父親を求めていたシンシア。

生まれてから一度も父親に顧みられなかったシンシアは、無意識のうちに父親の代わりを求めていた。

抱きしめて、キスをして、傍にいるよ、大丈夫だと囁いてくれる相手を。

ユーディアスはそこにつけ込んだ。彼女を可愛がり、甘やかして抱きしめ続けた。依存させた。

シンシアの一番でありたかったし、自分だけを見て欲しかった。

そして、そのためには父親が邪魔だということははっきりしていた。あの男がいる限り、シンシアは真の意味で自分を求めない。彼がほんの少しシンシアに手を差し伸べてしまえばたちまちあちらに行ってしまうだろう。

残念なことにそれは証明されてしまった。婚約破棄されたという父親の嘘を、あっさりと彼女は信じてしまった。

もはやユーディアスはあの男をただ排除するだけでは気持ちが収まらなくなった。

シンシアの気持ちを完全にあの男から引き離さなければ気がすまない。

二年間かけて準備をした。シンシアの心が父親を無意識に求めているなら本当の父親を与えればいい。

本当の父親であるユリウス王はシンシアを愛している。けれど、彼には妻も子もいるし、何よりも国を愛していた。彼女を愛しているが、その愛は一部しか与えられない。だが、弁えている彼女はその愛でも十分だと考えるだろう。

あとはベルクール伯爵を始末するだけだった。けれどただ退場させるだけではだめだ。シンシアに、彼は父親ではなく、父親という立場になっただけの単なる卑屈《ひくつ》な男だとわからせなければ。

結果的にシンシアを囮にするような形になってしまったが、ユーディアスは後悔していない。おかげで邪魔者はすべて排除できた。ラインダースの反国王派やレニエも利用して潰した。

そう。すべてユーディアスの思惑どおりうまく運んだ。礼拝堂で父親だと思っていた相手を見るシンシアの目には、かつての憧れや渇望はなかった。

あとは彼女にユーディアスの愛を注ぎ込むだけでいい。

「この子は男の子かしら、女の子かしら。ああ、生まれるのが楽しみだわ」

お腹を撫でながら、花が綻ぶように笑うシンシア。

「どちらでも構わないよ。無事に生まれてくれればね」

シンシアの望む言葉を口にしながらユーディアスは彼女の唇にキスをした。

家族を求めていたシンシア。

今彼女が求めているのは、自分を愛してくれる夫と、愛する子ども、そして子どもを愛してくれる父親だ。

だからユーディアスは囁く。彼女の望むとおりに振る舞う。

「愛しているよ、シンシア。お腹の子も」

——それで君が僕という檻の中で永遠に笑ってくれるのであれば。

あとがき

拙作を手にとっていただいてありがとうございます。富樫聖夜《とがしせいや》です。

今回は甘やかして自分に依存させたいヒーローと、自分に自信がないために依存しながらも一歩引いたヒロインのカップルです。そこにヒロインの出生に絡んだ陰謀が入り乱れ、誤解もあって……という王道の話です。

ヒーローはヒロインに関してだけは感情的ですが、作者基準でそれほど歪んではないかなと思っております。その代わり、ヒロインを取り巻く登場人物のほとんどがみんな少しずつどこか歪んでいる（ヒロインでさえも）という構造になっております。

イラストの涼河《すずかわ》マコト先生。素敵なイラストをありがとうございました！　優等生の感じだとお伝えしたユーディアスがイメージしたとおりでした。

そして最後に編集のY様。毎回ご迷惑をおかけしてすみません。何とか書き上げることができたのもY様のおかげです。ありがとうございました！

それではいつかまたお目にかかれることを願って。

富樫聖夜

Sonya
ソーニャ文庫

この本を読んでのご意見・ご感想をお待ちしております。

◆ あて先 ◆

〒101-0051
東京都千代田区神田神保町2-4-7 久月神田ビル
㈱イースト・プレス　ソーニャ文庫編集部
富樫聖夜先生／涼河マコト先生

貴公子《きこうし》の甘《あま》い檻《おり》

2018年12月3日　第1刷発行

著者　富樫聖夜《とがしせいや》
イラスト　涼河《すずかわ》マコト
装丁　imagejack.inc
DTP　松井和彌
編集・発行人　安本千恵子
発行所　株式会社イースト・プレス
〒101-0051
東京都千代田区神田神保町2-4-7 久月神田ビル
TEL 03-5213-4700　FAX 03-5213-4701
印刷所　中央精版印刷株式会社

ISBN 978-4-7816-9637-9
定価はカバーに表示してあります。